南开大学校史丛书

刘景泉　总主编

马蹄湖边忆旧游

刘运峰　著

南开大学出版社
天　津

图书在版编目(CIP)数据

马蹄湖边忆旧游/ 刘运峰著 . —天津:南开大学
出版社,2014.8
  (南开大学校史丛书)
  ISBN 978-7-310-04549-5

  Ⅰ.①马… Ⅱ.①刘… Ⅲ.①回忆录－作品集－
中国－当代 Ⅳ.①I251

中国版本图书馆 CIP 数据核字(2014)第 161551 号

南开大学出版社出版发行
出版人:孙克强
地址:天津市南开区卫津路 94 号   邮政编码:300071
营销部电话:(022)23508339   23500755
营销部传真:(022)23508542   邮购部电话:(022)23502200

*

天津泰宇印务有限公司印刷
全国各地新华书店经销

*

2014 年 8 月第 1 版   2014 年 8 月第 1 次印刷
230×170 毫米 16 开本 13.25 印张 2 插页 176 千字
定价:30.00 元

如遇图书印装质量问题,请与本社营销部联系调换,电话:(022)23507125

目　录

教坛侧记

师友追忆

往事寻踪

教坛侧记

范曾先生侧记

我开始知道范曾先生的大名，还是在上大学以前。

大概是在 1981 年秋天，一位朋友从收音机里听到了范曾先生的演讲，非常激动地复述给我。我虽然未能听到，但也以此作为谈资向人们宣传范曾先生。从这位朋友的谈论中，我感到范曾先生真是一位了不起的人。如他在演讲中提到为了练好行书，坚持一天临写一遍《兰亭序》；因为在大庭广众之下说错了一个字而大为悔恨，特意将容易念错的字抄出贴在墙上背诵；以及"经过奋斗而失败的也同样是英雄"的观点，令我非常钦佩。

幼年时学画，父亲为我买过一本《人物画参考资料》，当时只是临摹，并不注意作者，后来才发现这本书的作者之一就是范曾。随后，又在劝业场二楼的旧书店买到了范曾先生的《鲁迅小说插图选》。这本书，显示了范曾先生白描的功力。很长一段时间，范曾先生一直是我心目中的偶像。

1984 年的秋天，我见到了范曾先生。

那是 1984 年 10 月 17 日的上午，在南开大学建校 65 周年的庆典上，范曾先生由中央工艺美术学院调到南开大学创办东方艺术系。他原是南开大学历史系的学生，在大学三年级时，经郑天挺先生介绍转

3

入中央美术学院美术史系，后又转入中国画系。所以，南开大学也可以算是范曾先生的母校。在校庆典礼上，范曾先生向母校敬献了两幅铜版画，一为惊涛拍岸，一为万壑松风。这两幅画曾长时间悬挂在图书馆一楼的大厅。

校庆那天，范曾先生讲话不多，但风度翩翩，气宇轩昂，完全不像48岁的中年人。

范曾先生回到南开大学之后，很快就成了重要人物，南开大学的许多大型活动，都有范曾先生参加。

他虽然名义上回到了南开大学，但大多还是在北京或外地活动，在南开园很少能看到他的身影。我只在一个黄昏，看到他和夫人在大中路上散步。

1985年，《啄木鸟》杂志在第一期上发表了徐刚的《范曾传》，我买来一口气读完，激动不已。这篇用诗一般的语言写成的文字，我一连读了好几遍，并且还向许多同学推荐这篇文章。通过读这篇文章，我对范曾先生的人品画品更加钦佩。

1985年秋天，在南开大学举办的纪念曹禺先生诞辰75周年、从事艺术活动60周年的活动中，我同范曾先生有了近距离的接触。那天晚上，在由来新夏教授主持，于是之、刘厚生、范曾、夏淳、孔祥玉等文艺界名流参加的告别晚会上，我代表南开大学全体同学当场给曹禺先生献字。当我开始书写时，曹禺先生首先站了起来，其他先生也随后站了起来。我为曹禺先生写的字是"琴心剑胆"。因为紧张，手有些发颤，勉强过了关。曹禺先生接过字幅，握着我的手，连说"谢谢，谢谢"。散会的时候，我和范曾先生打了一个照面。他和我握握手，说："不错，不错。"说完就急匆匆地离开了会场。

1985年12月9日，南开大学举办"纪念一二·九运动五十周年"活动，我在学生会书写标语。大约是在下午四点钟左右，范曾先生在众人的簇拥下走了进来，他那天大概是患重感冒，穿着很厚重的大衣，戴着口罩，满脸倦容。他来到桌前，拿起我的长锋羊毫，试了试，说："这笔太软了。"又拿起我那只提斗笔，蘸满墨汁，在一整张宣纸上写了"国家富强，匹夫有责"八个大字。这个场面，校方还录了像，当晚在天津电视台播出。在许多人眼里，范曾先生不仅是画家，而且还是新闻人物，格外引人关注。

1986年11月，为了扩大东方艺术系的影响，范曾先生主持了"东方艺术系列讲座"，请海内外名家来南大讲演。请来的人有徐刚、叶嘉莹、李德伦、刘再复、盛中国、王学仲、陈爱莲、王景愚等。范曾先生作了第一场讲演，题为"祖国·艺术·人生"。那天下午，南大小礼堂里爆满，连地上都坐满了人。恰巧那天下午我们上计算机课，许多同学都为了听范曾先生的讲演没去上课，我也包括在内。据上课的同学说，那天出勤者不足20人（应到160人），老师很生气，开始点名。在期末考试时，去听讲演的所有同学都受到了惩罚，那就是老师只给了个及格分。

范曾先生极富演讲才能，他出口成章，滔滔不绝，博得了阵阵掌声。虽是冬天，但小礼堂里气氛十分热烈，加上人多，室内暖融融的，范曾先生也脱掉了外套，只穿一件衬衣进行演讲。令人懊恼的是，中间停了四次电，使他不得不反复中断演讲到后台休息。待到演讲完毕，范曾先生已是大汗淋漓了。最后，他当众挥毫，画了一幅《神童牧牛图》，赠给了南开大学学生会。

我喜爱书画，当时是南开大学书法社的负责人，本来能够有较多的机会接近范曾先生，但我生性不愿串门，终于没有主动登门向范曾先生求教。大约是在1986年新年前夕，他为学生会画了一幅画，我和林剑同学奉命去范曾先生家取画，走上四楼，便看到了他夫人写的启事，大意是来人须提前用电话联系，下午三点钟之前请勿打扰，等等。我们犹豫了一下，就下楼回去了。因此，也失去了向他当面请教的机会。

1987年之后，范曾先生主要为东方艺术大楼的事奔波，忙于办画展，卖画，后来又开始为"假画"打官司。直到我毕业，就再也没有见到过范曾先生。

1995年6月2日

刘向东老师印象记

在我所接触的老师中，最富有个性、最有特点的当属刘向东老师。

刘向东老师是陕西人，"文革"后期作为工农兵学员到南开大学哲学系读书。那时，学校明令禁止大学生谈恋爱，但用他自己的话说就是"不管那一套"，照谈不误。毕业分配，校方不予照顾，来了个棒打鸳鸯，刘向东老师到了甘肃的兰州大学，他的女友则留在了天津，从此天各一方。

刘老师有股韧劲，他不甘心接受这个事实。正好，南开大学恢复招考研究生，他毅然报考了冒从虎先生欧洲哲学史方向的研究生，很顺利地被录取。这样，他再次离开大西北，重新回到南开大学。

在读研究生期间，他和女友结了婚，并有了一个女儿。

他的研究生毕业论文是关于英国的哲学家和政治思想家霍布斯的。后来，这篇论文选入了山东人民出版社出版的《西方著名哲学家评传》。

政治学系成立后，他由哲学系调入政治学系担任西方哲学史的教学。

第一次听刘老师讲西方哲学史课，他给人们印象最深的，就是不修边幅。在大学里，不修边幅的老师并非绝无仅有，但像刘老师这样随便的还不多。他的络腮胡子很长，也很乱，头发卷曲着，未加梳理，面色黑里透红，鼻子扁扁的，嘴巴很大。如果不是站在讲台上，谁也不会想到他会是大学教师，而且是哲学教师。他的穿着也很随便，一件蓝色制服，裤子很肥大，脚上永远是一双塑胶底便鞋。所以，刘老师往讲台上一站，就已经有几个同学发笑了。刘老师大概也意识到了这一点，很随便地笑笑，说："我这个人穿着很不讲究，也不愿意讲究。"但他一开口讲课，却很吸引人。在讲课时，他往往把哲学史和现实问题联系起来，有时干脆脱开哲学史，大讲价值观念变革、政治体制改革等方面的内容，这对于当时的学生来讲，确实有耳目一新之感。一节课下来，课本上的内容讲不了几句，题外话倒讲了许多。一个学期结束，古希腊罗马哲学史还没有讲完。不过刘老师却得了一个绰号——"犬儒"。原来，在古希腊哲学学派中，有一个"犬儒学派"，该学派的人们整日不修边幅，过着动物一样的生活。一些同学认为刘老师很像这类人，便私下称他为"犬儒"。这当然是对刘老师的大不敬，但事后传到刘老师的耳朵里，他好像也没有对同学们发脾气。

忽然有一天上课时，同学们发现刘老师变了：脸刮干净了，身上还穿了一件崭新的西服上衣。但同学们随后又乐了。原来，刘老师仅仅换了一件西服，里面并没有穿衬衣。他穿制服时，红色的腈纶秋衣不太显露，改穿西服，红秋衣便暴露无遗了。而且，依然是一条旧的蓝裤子，一双便鞋。

这件西装穿了很长时间也没见他脱下来，一直穿到去秦皇岛讲课。在那里，也同样因为穿戴闹了笑话。那天，刘老师讲课很风趣，不时有惊人之语，台下的学生听得津津有味。他那天换了一件白衬衣，外穿西服，坐在讲台上，什么也显不出来。待到讲完课在掌声中离开讲台时，掌声突然变成了笑声。原来，刘老师不仅仍穿着一条又肥又旧的裤子，脚上仍是一双便鞋，而且还没有穿袜子。

有一年，南开大学团委、学生会排演话剧《一念差》，其中有一个匪徒角色，让谁演谁都不演。不知是谁说了句"让刘向东演正合适"的话，导演王骚老师找到刘老师，他竟然一口答应下来。开演那天，只见刘老师身穿黑色衣裤，腰扎宽皮带，袒露着胸脯，大摇大摆地上了场，他一上场，观众都乐开了。刘老师的台词只有一句："没问题，不就碾死个臭虫嘛！"刘老师就是这样，不论是谁，只要需要他去做，他是不会计较什么身份、地位的。同学们有什么活动，只要邀请，哪怕只是出于礼节地虚邀，刘老师必是参加。在研究生和青年教师中，几乎没有不知道刘向东老师的。

刘老师说话毫不顾忌，往往不分场合，就冒出惊世骇俗的话语。有一次在市里召开的一次理论研讨会上，他在发言中引用了马克思的一句话"怀疑一切"。随后，他就开始发挥，使全场的气氛顿时严肃起来，以至于主持会议者大发雷霆，严厉批驳，因为刘老师的话犯了大忌。他回到学校后，愤愤不平。看得出，他也很紧张，好在上面也没有再追究。不过，从此之后，刘老师参加这样的会就少了。

中共中央关于经济体制改革的决定发表之后，哲学系组织老师们展开讨论。刘老师上台发言，不知怎么回事，他把话提到了残疾人和超生人口上。他说，社会上有大善和小善，社会利益是大善，个人利益是小善。为了小善而牺牲大善或妨碍大善，就是不善，因此，应该限制残疾人和超生人口，因为他们是社会的负担，阻碍了社会前进。最后他说"别人是指哪打哪，我是打哪指哪！"他的发言自然引起了一阵笑声，有些老师摇头表示不敢苟同。事后，人们又送了他一个外号："法西斯"。他笑嘻嘻地接受下来，继续坚持他的主张。

毕业前夕，我们系请来了美籍华人毛云安教授讲学，在座谈时，刘向东教授提出了中国法律和道德的不统一问题，他说："比如，丈夫对妻子究竟构成不构成强奸罪？这个问题就很复杂。"在场的女老师和女同学都皱起了眉头，男同学们则窃窃发笑。他还想说下去，主持人用话岔开了。他的言行和他的衣着一样，并不是故作与众不同，他好像一直在探索追求一种东西，并试图从哲学的角度给许多事情找到一个答案。他也试图先更新自己的观念，然后再去更新别人的观念。在社会上崇尚节俭，提倡艰苦奋斗的时候，他在许多场合都唱反调，说："一味节俭是不对的，应提倡能挣会花。不借钱也不对，应该是能借也能还。"当许多老师都甘于清贫寂寞或是不愿意降低身份而固守书斋的时候，刘老师早开始在外面赚钱了。可以说，他是"下海"的先行者。他的赚钱方式主要是讲课、办班。那时，似乎也没有别的办法赚钱。

他很少闲着，往往不计较报酬多少，只要能赚钱，他便去讲课，连职工培训的课都去讲。有一次，他实在忙，有两门课没空去讲，他便在班里公开找替补者，刘毅同学和我毛遂自荐。刘毅讲《中国近代史》，我讲《中国工人阶级》，地点在建设路上的煤建公司，一连三个半天，得了 24 元讲课费。我非常高兴，到古籍书店买了一部《论语译注》，一部《孟子译注》。

刘老师很能吃苦，生活上很能凑合。他似乎已经习惯了过那种非常简单的生活。他有时一天只吃一顿饭，一次可能吃下一斤粮食。有一次我们去他宿舍，正赶上他吃晚饭，他一手拿着排骨，一手拿着酒瓶，边吃边同我们聊天，吃剩的骨头，顺手就扔在墙角。他很少整理房间，有一次一位外校的女教师来访，他费了好大工夫才把房间收拾得整齐一些。师母在距市区很远的地方教书，很少来南开与他团聚，他似乎也不觉得寂寞。后来，师母去安徽大学进修，把女儿交给他。他带着女儿，教书、赚钱照样不耽误。他的女儿很乖，很少哭闹。后来，不知是什么原因，他决定去英国进修。但他不懂英语，便从头开始学习。从此，他的房间里多了一副立体声耳机，有时去他的宿舍，总见他戴着耳机吃力地学英语。一年下来，他居然通过了出国留学人员的英语水平考试。我们都非常佩服他的毅力。那时，他已经快 40 岁了。

刘老师很喜欢和学生交流，每当我们读书有心得，有自己的哪怕是很幼稚的观点时，他总是很高兴，即使讲古希腊罗马哲学，他也启发我们与现实相联系。在平时的作业和期末考试时，尽管回答得不完整，但只要有新意，能自圆其说，他也会给以高分，并自己掏钱给同学们一点物质奖励。我曾得过一打卡片的奖励，这在当时是最高奖了。

我们毕业后，刘老师去了英国。听说开始时他在英国的大学进修，后来又做生意，以后的事情就不知道了。

1995 年 6 月 23 日

画家于复千先生

　　于复千先生是以写意花鸟画为专长的画家。

　　于先生曾谈到，在他很小的时候，就拜访过齐白石先生，并得到过齐白石先生的指导。他是典型的科班出身，由中央美术学院附中而入中央美术学院中国画系，跟随李苦禅先生学习花鸟画。

　　毕业后，他到天津群众艺术馆工作。很长一段时间，他绘画的题材离不开孔雀，在南开大学举办的一次书画展上，我曾见到过他以前画的巨幅孔雀，其中用了金粉，给人以富丽、浓艳的印象。

　　大概是1984年，他调到了南开大学旅游学系，除了教少量的书画欣赏课外，便是关在屋里作画。他作画的题材也开始改变，由孔雀转到了水仙、麻雀、芦苇、水禽、牡丹、芙蓉之类。于先生也时常模仿李苦禅先生的松鹰并在画上题写"苦禅老师笔意"。于先生的画走的是小写意加重彩的路子，给人以清新、灵秀之感。他的书法主要学赵孟頫，娟秀妍美。他的篆刻也很好，刀法准确，布局规整，颇具汉印风范。正是凭着在篆刻上的成就，他被吸纳为中国书法家协会会员。

　　于先生为人热情，办事周到。刚到南开大学，他就为学生书画社免费授课、指导。许多教师、学生手里都有他的画。1984年冬天，下了一场大雪，那天是周日，于先生特地从二十多里之外赶来给我们几位书

于复千先生画作《清夏》

画爱好者讲中国画技巧，并当场画了三幅画：一幅松鹰，题为《远瞻》；一幅水仙麻雀，题为《春早》；还有一幅《芦港小憩》，画面上是一只刚刚出水的鸭子。

　　毕业前夕，我为了给女友办理留在天津的手续，求于先生给具体办事的人画一幅画。于先生一口答应，说："行，咱马上画。画什么呢？"我说："您随便。"当听说对方的名字中有"英"字时，说："那就画鹰吧！"说完便铺纸挥毫，一气呵成。

　　随着于先生的名气渐渐增大，他也越来越忙。我对学习绘画也缺乏耐心，故而见到于先生的机会越来越少。毕业时，本想求于先生一幅画留作纪念，但又不好意思张口，终于没有去和于先生告别。

　　毕业后我回南开大学办事，见到朱英瑞老师，朱老师说："前些日子于老师还提到过你。"我曾到学校找过于老师一次，找了几个地方都没找到。给于先生打过一次电话，他正在接待客人，随便聊了几句就放下了。

　　近年来，于先生评上了副教授，在水上公园设立了"于复千画馆"。又到国外去了几次，名气更大了。由于怕影响于先生的事情，和他的联系也基本上中断了。

1995 年 6 月 24 日

朱英瑞老师

我到南开大学接触到的第一位老师就是朱英瑞老师。

朱老师是我们的第一任班主任，也是我的入党介绍人，还是我毕业论文的指导教师。在南开大学读书期间，对我关心最多的就是朱英瑞老师。

朱老师出生于缅甸的一个华侨家庭，1949 年新中国成立不久，他就和姐姐一道回到了祖国。据他自己讲，当来到海关，一看到五星红旗时，眼泪就夺眶而出。那年，朱老师 14 岁。

后来，朱老师考入了南开大学历史系。他是靠政府的助学金读完五年大学的。而且，在他读大学的那个年代，正是国家经济非常困难的时期。长时间的清苦损害了他的身体，用他自己的话说，是"先天十足，后天失调"。

毕业留校后，朱老师知恩图报。他以极大的工作热情投身于各种繁重而又难于获得名利的工作。他搞过党务，当过学生政治辅导员，担任过南开大学的第一届思想品德教研室主任。年过 40，他才到马列教研室担任哲学原理课教师，并兼教研室主任。教哲学原理，难度很大，既要有哲学史的功底，又要熟读马列原著，而这既需要时间，又需要精力。朱老师的身体不好,"开夜车"吃不消,又加上许多社会工作占去了他大量的时间和精力。看到许多同龄人都在挑灯夜战,著书立说,朱老师也有些着急,但力不从心,不能硬拼。但他的教学一向是认真、严谨的。在给我们讲哲学原理时,除了撰写工整的讲稿,还要准备许多资料卡片。他讲课非常有条理,层次分明,逻辑严谨。有时身体不好,他也要坚持去上课,课间休息时还要吃几片药顶着。

为了加强大学德育课的教学,国家教委特批了四位德育副教授,其中就有南开大学的朱英瑞老师和刘廷亚老师。他被批准为副教授的消息,我们是从《光明日报》上获得的。当时,我和同学常盛钧到他家去祝贺。朱老师对我们说:"必须拿出成果来,才对得起副教授这个职称。"

朱老师作风严谨,从不说一句过头话。在课堂上,他不厌其烦、深信不疑地将最正统、最规范的思想、意识灌输给同学。在一次课堂作业中,朱老师发现一位同学的观点有些偏激,便特意把这位同学叫到家中谈心,一直到深夜把这位同学"说通"为止。朱老师这样做,并不是为了给谁知道,他的确是出于对学生的爱护,生怕我们不谙世故,影响自己的学业。

朱老师为人和善,对学生总是有一种爱护之情,从不在学生面前发脾气。对于学生的要求,他几乎到了百依百顺的程度。有一年冬天,我们班组织卖《天津法制报》,以筹集班费。卖了一早晨的报,眼看上课的时间已到,只好买个面包去上课。那天上午,正好是朱老师的课,朱老师看到我们一边听课,一边啃干面包,心里非常难过。他将杯子递给我们,坚持让我们喝口水咽下面包。我们都不好意思,朱老师执意让我们喝水,以至耽误了十多分钟的课。

朱老师很喜欢和学生交谈,他时常关注我们平时都读哪些书刊。有一段时间,同学们当中流传琼瑶的小说,他也借来了《心有千千结》认真地读。《南方周末》有一段时间连载《"文化大革命"十年史》,报纸发行量很小,每周六我都到佟楼的报刊亭去买。朱老师知道后,也很感兴趣,几乎是每周,我都去朱老师家送一趟报纸,朱老师每次都及时完整地还给我。过了不久,天津人民出版社出版了这本书,限内部发行。朱老师买到了一本,拿给我说:"你先拿去看吧。"正好也放寒假了,我就把这本书带回了老家,看了一个假期。

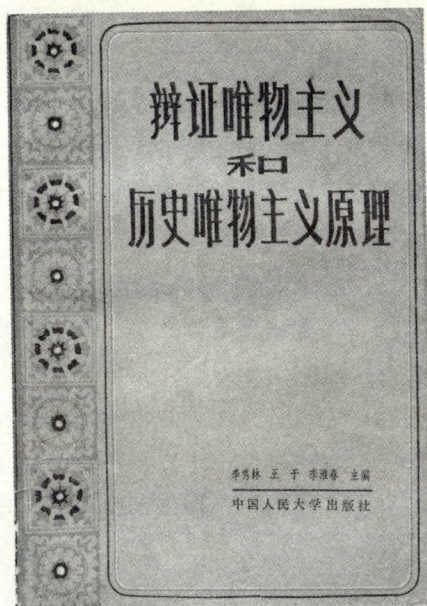

朱老师哲学原理课上所用的教材

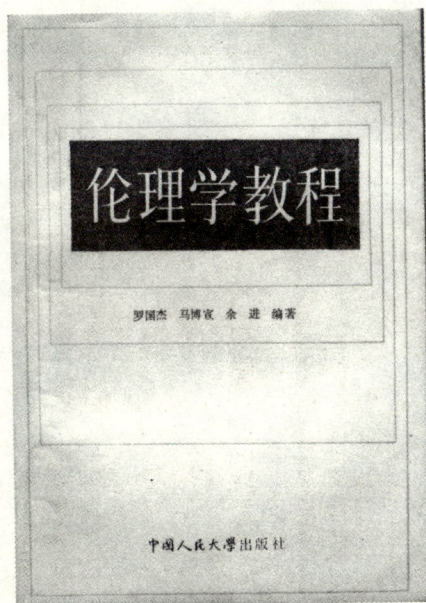

辩证唯物主义 和 历史唯物主义原理

李秀林 王 于 李淮春 主编

中国人民大学出版社

伦理学教程

罗国杰 马博宣 余 进 编著

中国人民大学出版社

朱老师伦理学课上所用的教材

我的毕业论文是朱老师指导的。论文题目较大，篇幅也很长，其中引述了大量的观点和资料。朱老师一字一句地看，提出了非常中肯的意见，亲自改正了其中的错别字，并给了我最高分。

　　朱老师的家境不太好。师母李娜老师虽是多病缠身，但也和朱老师一样，一心放在工作上。两个孩子年龄接近，还有一个老岳母。俩人收入都不高，在大学老师中为困难户。但朱老师似乎已习惯了这些，他很知足，也从来没想到过要去"下海"挣钱。

　　毕业前夕，朱老师希望我留下来做教师，也热心推荐我到国家教委工作，但终因我自身阴差阳错的原因，都没有实现。

　　在南开园求学期间，朱老师教授了我哲学原理和伦理学原理两门课，还指导了我的毕业论文。在他那里，我不仅学到了许多知识，更重要的，是从朱老师身上，懂得了怎样做一个正派、本分、认真、诚实的人。

1995 年 7 月 2 日

黄若迟老师

　　这几天整理杂物，偶尔翻到了一本油印的《现代国际关系史大事年表》和一本《现代国际关系史教学大纲及参考书目》，这使我想起了黄若迟老师。

　　黄若迟老师负责我们国际关系史课的教学。她身材不高，圆脸盘，较胖，短发但不很整齐，戴了副白框深度近视眼镜，穿一件洗得有些发白的蓝上衣，看上去有 50 来岁。她的装束很"土气"，不太像一名大学教师，反而更像是一位家务担子很重的家庭妇女。这样的形象难免会令学生有些轻视，不过她一开口，同学们的这种轻视感就随着黄老师的讲课飞走了，而代之以佩服。黄老师介绍自己时很简单："我姓黄，黄若迟，'好像'的那个若，'迟钝'的迟。"有几个同学已经笑起来了。随后，她便开始讲国际关系史。

　　我们的班主任葛荃老师说过，一个人在四年大学期间，能遇到三位好老师就是幸运。起初我们不太理解，今天看来，葛老师的话还是很有道理的。所谓好老师，应是有学问、有才情、品德好而又讲课精彩的人。按照这个标准，这样的好老师并不多见。照葛荃老师的说法：有三位老师他最佩服，一是他的导师刘泽华教授，二是教现代西方哲学的车铭洲教授，第三便是黄若迟老师。黄老师讲课果真是名不虚传，她不像教心理学的孔令智老师那样讲课时手舞足蹈，而且面部表情也不丰富，但语气、手势却颇能吸引人。许多国际社会上的事件、人名、地名、故事在她那里如同待命一般，随时听候调遣。黄老师对这些可谓驾轻就熟，信手拈来，仿佛许多重大的国际事件都是由她事先安排好了似的，其中的前因后果，方方面面，黄老师了如指掌。有一次讲到非洲问题，她说，非洲的许多国家都曾是西方一些国家的殖民地，这些殖民地大多是在非洲版图上划分的，所以非洲一些国家的国界都特别整齐。说着，她就做了几个切割的手势，比划着说："这块给你，这块给他，这块我自己留着。"她就如同一位切割者，那神态，那举动，既严肃又有些滑稽，引来同学们一阵大笑。

黄老师说话很快，从不打磕绊，整堂课上滔滔不绝，侃侃而谈。有人开玩笑说，假如黄老师和谁吵架，别人绝对不是对手。

黄老师身体不好，气管炎经常发作，时常在讲课时喘不过气来，脸涨得通红，但她从来没有落过一次课，我们也从来没有逃过一次黄老师的课，这在大学里是不多见的。

毕业后，我把许多课本都当作废品处理了，但对于黄老师讲课时让我们买的《国际关系史》（下册），我一直保存着，而且我还配齐了上册和两大本参考资料。她发给我们的这两本油印参考资料，我也舍不得丢弃。看到这些，我就会想起黄若迟老师。

1995 年 7 月 4 日

王学仲先生

　　最早知道王学仲先生的大名，还是从孙伯翔先生那里听到的。大概是 1981 年的秋天，我报名参加了第二工人文化宫举办的书法学习班，主讲老师就是孙伯翔先生。孙先生在做自我介绍时说："我今年 48 岁，我的老师是王学仲先生。"孙先生又说，近年王先生专攻漆书。有一次上课，孙先生带了四瓶黑油漆，是为王先生代买的。但我终究没有见过王学仲先生的漆书作品。

　　王先生是北平艺专的学生，可称得上徐悲鸿先生的弟子。在他十几岁的时候，就曾由家人带着拜见过徐悲鸿先生。徐先生为他的书法作品写过一段题跋，称他"禀赋超群"。这段题跋，王先生一直保存着，在许多场合都向人们展示过。许多有关王先生的文章中也都引述过这段话。

　　王先生大学毕业后即到天津大学建筑系任教。由于接连不断的政治运动，王先生很不适应，而又无处诉说。有时夜里睡不着觉，便独自来到南开大学的马蹄湖畔，静听湖中的蛙鸣。后来，他在第一工人文化宫为书法爱好者讲课，培养了许多学生。天津群众书法的开展，王先生是功不可没的。

　　80 年代初期，王先生时来运转：他被日本筑波大学聘为艺术学客座教授，几次东渡扶桑讲学，在日本出版了书画诗文集，举办了个人的书画展览。从此，他的名声越来越大。

作者与王学仲先生合影

　　我第一次见到王学仲先生，是在 1984 年的冬天。那时，南开大学书法社非常活跃，经常聘请一些书法家讲课和示范。王先生对书法社的活动很热心，每隔半年就到南开为学生们讲一次课。王先生个头不高，眼睛不大，身材也比较瘦，从外表看，绝对想象不到他是一个内心高傲，在艺术上敢于大胆探索的一个人。用他自己的话说，他是"谦虚在外狂在内"，他自号"夜泊"，写成草书像是"狂泊"。他好像并不健谈，那天讲了些什么，我已经记不起来了。他随身带着一个小袋子，里面有徐悲鸿先生的那段题跋和他新创作的一副隶书对联，词句是"木落千山天远大，澄江一道月分明"。

　　数学系的魏立刚是书法社的社长，我是他的"后任"。在他"卸任"前，带我去王先生家拜访过两次。第一次去的时候，王先生正在书房的里间作画，他在外屋接待了我们。我印象最深的是王先生的书多，整整一面墙的书柜，一直到了屋顶。墙上的镜框内镶着一幅李苦禅先生画的鹰，还有郑诵先先生写的一副对联。整个房间有一种浓郁的艺术和学术氛围。第二次拜访王先生，他和老伴儿正在看电视剧《三家巷》，招呼我们一块儿看，我们看了一会儿，觉得没有意思，就告辞了。

与王学仲先生（右三）、孙伯翔先生（右二）等在畖园合影，右一为作者

　　1985 年春天，王先生出面，请河北大学黄绮教授来天津大学举办书法讲座。在笔会上，王先生挥毫写下了一个"鹰"字，但刚写完，他就团掉了，说这应该是最后一个字。我赶快捡了起来，夹在一本书中，算是得到了王先生的一点墨宝。

　　魏立刚毕业前，将南开大学书法社更名为"南开书苑"，意在效仿"西泠印社"，王先生题写了"苑"名，魏立刚自己刻成了一块很大的匾，挂出来很是气派。王先生也给书苑写过字，是一幅四尺整张的草书，魏立刚把它交给了我，我在毕业前又转交给了"后任"欧阳长桥。

　　范曾先生到南开大学创办东方艺术系之后，聘请王学仲先生为教授。1986 年冬天，东方艺术系主办"东方艺术系列讲座"，王先生讲座的题目是"书法漫谈"，那天，小礼堂来了很多人，王先生只是讲了一些书法方面的见闻。讲完后，他当场写了"青年立志，振兴中华"八个隶书大字。大概他不习惯站着像题壁似的那样写字，因此这八个字并没有安排好，他自己也不太满意，但又不好当众撕掉，于是又写了一幅草书，让同学们开了眼界，对王先生报以热烈的掌声。

天气好的时候，我经常看见王先生骑一辆旧自行车在南开大学的校园里转悠，见面后王先生总是很客气，说："有空到家里去玩吧！"但我生性不爱串门，直到毕业，也没有再去拜访王先生。

1995 年 7 月 5 日

李鹤年先生

　　李鹤年先生早年曾是南开大学政治学系的毕业生，但这一经历并没有让他平步青云，反而让他吃尽了政治的苦头。阴差阳错，他成了一位书法家，这恐怕非他事先所能料到的吧。

　　大约是1980年，李鹤年先生的书法展在天津市和平区文化馆举行。那时我刚参加工作不久，对书法知之甚少，只是凑热闹地看了一遍。记得在许多展品中都贴着红条，注明以若干元被某某先生买下，其中有一幅标为300元，这对于工资只有31.50元的我来说，简直就是天文数字。我只花了三角钱，买了一套印有李先生作品的书签。

　　李鹤年先生是吴玉如先生门下成就最高的弟子，他在书法上的功力的确非同一般。应该说，他的小篆、隶书成就是在乃师之上的，但行草的气韵则稍逊于吴玉老。他对吴玉如先生有着很深的感情，每当提起吴先生，他都要落泪。他收藏了许多吴玉老的书法精品，可惜大多都在"文革"中散失了。

　　李先生在"文革"期间，曾一度下放到煤厂劳动，但他仍坚持研习书法，没有纸，就用旧报纸以小篆书体书写毛主席诗词。

　　我第一次见到李鹤年先生，大约是在1984年的冬天，我和魏立刚同学一道去请李先生为南开大学书法社讲课。李先生虽然是一介平民，但却很讲究仪表和风度，脸刮得很干净，头发一丝不乱，戴一副金边眼镜，眼睛非常有神，在和蔼、谦逊的微笑中又透着几分威严。出门的时候，李先生伸出胳膊，让家人帮他穿上大衣，把南开大学教师（李先生是南开大学的兼职教授）佩戴的红色校徽别好，从容地和我们下楼。那天，李先生和我们一样，也骑自行车，我们说用自行车带他，他说："不用，我身体好，年轻时我还是南开大学的运动员呢！"在路上，李先生问我："你是哪个系的？"我说："是政治学系的。"他笑了，说："那好，咱俩还是同学呢！我上大学时读的也是政治学系。"

李先生很健谈，讲课时声音洪亮，底气很足，而且语气中总带有一种神秘感。听李先生讲课，是很难轻松起来的。

李先生轻易不在人前写字。他写字一丝不苟，非常精细，即使是行书，也写得很慢很慢，围观的同学不得不屏住呼吸，心里为李先生着急。

李先生是天津文史馆的馆员，课徒鬻字是他的主要收入来源。每次去他家里，都能在显眼处看到他自订的润格，下面注明："亲朋好友一视同仁，请恕老病。"因此，我虽然去过李先生家好几次，但一直未开口向李先生求过字。

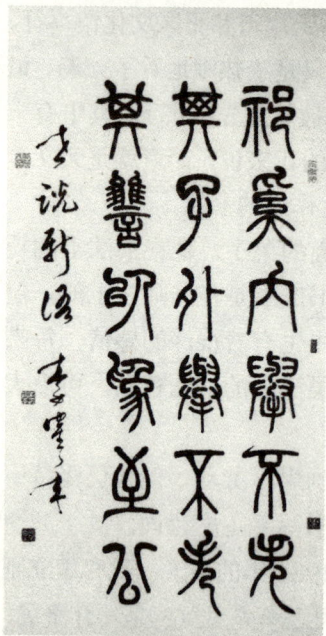

李鹤年先生篆书

1987年秋天，魏立刚同学来天津办展览，我陪他去拜访李先生，见到润格上又加了一条："请教书法者每小时十元"。我们看到这一条，也就不敢贸然向李先生请教书法了。李先生也不谈书法方面的事情，只是微笑着和我们谈他小时候的事情。其中提到现在的油条不加矾，炸出来都不脆，不如他小时候，油条即使放凉了，放到火上稍稍一烤，吃起来仍是香脆香脆的。李先生就是这样，恪守自己的规矩，这种观念从他的书法中也同样体现出来，他的字处处讲求法度，从不越雷池半步。他在天后宫举办的展览中的一些作品，盖着"平生得意之作"的图章。这些作品，的确直逼古人，庶几乱真。

　　算起来，李先生也已八十开外了。自从那次和魏立刚同学拜访过李先生之后，我再没有见过李先生。前两年，听说李先生已经对外宣布"封笔"了。果真，从此之后，就很少见李先生露面，这也说明，李先生的精力已大不如前。说真的，李先生也确实应该好好静下来颐养天年了。

　　祝李先生长寿。

1995 年 7 月 7 日

房立平先生

　　读了 12 月 1 日《天津青年报》李汝先生的《杨振宁"参评"副教授》一文，心中颇不是滋味。真没有想到，房立平先生为职称的事费过那么多的周折。

　　在南开大学读书的时候，我同房立平先生有过一次接触。

　　那是 1985 年的春天，房立平先生刚从北京的一家新闻单位调到东方艺术系任教。当时的东艺系还没有招生，房先生没有课，整日不出家门。好像是为了准备一个师生书画展览的事，我和魏立刚同学去拜访房立平先生，请他提供作品。在路上，魏立刚告诉我，房老师毕业于中央美术学院，篆刻非常好，经常在《人民日报》上发表作品。

　　房先生住在南大西南村新建的一栋单元楼里，或许是刚调来不久，他的房间很空，不记得有什么家具，许多纸箱还没有打开。房先生身材很高，戴一副宽边眼镜，穿一件宽条绒上衣，显得很古板，但也透着一种艺术家的气质。他不善言谈，对我们有些冷淡。我们说明来意，他表示很为难，说刚刚搬来，许多治印的工具还没有找出来。但最后还是答应尽量满足我们的要求。

　　房先生似乎一来南开就为自己职称的事奔走，不知是从什么话引出来，他拿出北京的几位画家（其中有刘力上、俞致贞夫妇）为他写的推荐信给我们看，大意是证明他在篆刻方面所取得的成就，完全具备担任副教授的资格和能力。从他的表情，可以看出他有些着急，也有些无奈。

26

过了几天，一位同学从房先生那里取来了他的印拓，果然名不虚传，作品工整、细腻，真正达到了雅俗共赏的境界。他的笔名是蓝凝，后来，人们在《天津日报》和《南开周报》上就经常看到他的作品了。

以后在校园里多次见到房先生。因为他对我没有什么印象，我也就没有和他打招呼。他似乎总是很忧郁，骑一辆旧自行车，很少和人说话。也许，他是在为自己职称的事伤脑筋吧。听人说，他一直是独身，这多少也让人有所不解。

愿房先生达观一些，不要在乎什么教授副教授，只要艺术界能有房先生篆刻的一席之地，就足够了。

2002 年 12 月 3 日

想说一声"校长，您好！"

4 月 15 日，我到母校南开大学办事。就在我办完事快要走出校门的时候，忽然看到了老校长滕维藻先生，只见滕校长由一位中年妇女（大概是保姆）搀扶着，右手拄着一只底部带滑轮的铝合金拐杖，艰难地一步一步向前挪动。

不见滕校长足足有十年的时间了，十年后的滕校长，苍老了许多，人也显得有些矮。想当年我们上学的时候，滕校长是何等的精神，无论是接待外宾，还是主持会议，滕校长总是穿一身深灰色的西装，但却很少穿皮鞋，大多是穿一双黑色的塑料底布鞋，这多少有些不协调，但由于滕校长的地位和影响，反而使人觉得多了几分亲切和平易。记得在聘请杨振宁先生为南开大学客座教授的仪式上，滕校长先到会场，站在主席台上和早已等候在小礼堂的同学们打招呼，大约是他的裤子有些肥大，腰带扎得又不太紧，滕校长竟当着全体同

滕维藻校长

28

学的面提了提裤子。同学们顿时哄堂大笑，滕校长也跟着大家一起笑，带着一脸的和蔼和慈详。

现在的滕校长，头发全白了，而且有些蓬乱，腰弯了，背也驼了，身穿黑色的中山装，也不怎么整齐，在别人的搀扶下，他走得很吃力，也很痛苦。

在滕校长身旁匆匆而过的，是成群结队的学生，这些年轻的学子们大概不会认得，眼前这位步履蹒跚的老人，就是著述严谨、闻名中外的经济学家，就是当年大名鼎鼎的滕校长。而我，不仅认识滕校长，还有幸得到过一部滕校长的书。那是在读本科的时候，有一天上晚自习，我在主楼六楼的地板上发现了一堆准备处理的图书，其中大部分是过时的教材和杂志。我随手翻了翻，竟找到了一部梁启雄著的《韩子浅解》，书是 50 年代出版的，纸张有些发黑，但却完好无损。更为难得的是，在书的扉页上很工整地写着"滕维藻"三个字，我如获至宝，高兴了很长时间；这部书，我一直珍藏着。

看到滕校长艰难行走的样子，我感到很难过，真是"岁月不饶人"。我很想走上前去，搀扶一下滕校长，说一声："校长，您好！"但又心想自己不过是一个普通的学生，毕业后也是成绩平平，滕校长对自己不会有任何印象，犹豫了一会儿，我终于没有走到滕校长面前问候一声，默默地走出了校门。

回到家中，滕校长那艰难行走的样子却让我怎么也忘不掉。我后悔自己没有勇气却有点"势利"，即使滕校长不认识我这个普通的学生，但他一定会高兴有人问候他的。而这样做对我自己来讲是件再容易不过的事情。我不能原谅自己，为什么在这件小事上，会如此麻木、吝啬和无情。

真希望再有机会见到老校长，那时，一定向他老人家说一声："校长，您好！"

2000 年 4 月 21 日

"人爱热闹，我爱枯燥"

——近访王学仲先生

在河北省地方税务局工作的艾树池兄来天津，为河北省书法家协会创办不久的《书法家》约稿，我们首先去拜访王学仲先生。王先生听说我们在财税部门工作，说："你们的职业太好了，有稳定的收入，这样再喜欢书画就有了经济保障，人总不能饿着肚子搞书画呀！"

我们问："您最近忙些什么工作，经常出去走一走吗？"王先生说："我是一个抱残守缺的人，与外界很少打交道，很少到外地去。我有一句话是，'不耕砚田无乐事'。现在我可以说是书生本色，对我来说，搞书画很有乐趣，是一种精神的寄托。"

谈到"走穴"，王先生说："我至今也没有经济头脑，还没有走过一次'穴'。广东、山东、河南都有人请我去，而且一去就是十几万，我都没有去。有时去外地，也是开会或是为了完成一件工作，从没有一次考虑到经济收入才去的。我这个人就是这样，无求于社会，只想闭门读书、作画作书，想清静无为。但周围的社会环境太乱了，随时都会受到骚扰，不能全身心地从事创作。古人之所以专精，就在于他们处在一个封闭的社会，而且那个时候民与官之间不互相往还。"

王先生给我们讲了一个又好笑又可气的故事。他说："前些日子，

30

上海公安局刑警队打电话给我，我当时吃了一惊，心想刑警队找我干什么。电话中刑警队问我有没有给一位年轻人写过字。我说记不清，因为找我写过字的年轻人太多了。过了两天，上海的刑警就来天津找到我，给我看我写的一张字。看到字我想起来那是给一位登门自称是一位市领导的侄子写的。他来时对我说市领导要一张字、一张画，我当时身体不好，就写了两张字，也没有题写上款就让他拿走了。原来那人是个骗子，专门冒充领导人的亲戚到书画家那里要东西。没想到他到了上海找到谢稚柳的家，打着上海市领导的旗号要求谢稚柳作画。但谢稚柳已经去世了，骗子不知道，谢稚柳的夫人陈佩秋报警，才把骗子抓住了。我写的那两张字已经让骗子卖掉了一张。你们说可气不可气？""还有的许多书画活动把我列为评委、顾问，有的通知我一声，有的也不通知我，就把名字印上去了。有人上当了，还要找到我头上，真让人觉得好人没法当，好事没法做。"

谈到书法界存在的不良风气，王先生深有感触地说："随着人们生活水平的提高，爱好书法的人也越来越多。书法也就进入了市场。好多人都靠书法赚了大钱，买房、买车的大有人在。好多有名气的人忙于'走穴'，捞名，不读书，不看报，写楷书的越来越少，写狂草的越来越多，浮躁的风气太盛，作品里错别字连篇，在艺术上没有丝毫的提高。有些书法家形成了'三部曲'：搞书法展，出集子，'走穴'赚钱。在一些全国性的展览中，花钱'走后门'，贿赂评委，投其所好，目的就在于能够使自己的作品入选。这样长此以往地下去，怎能提高艺术水平？所以说现在入选的许多作品都是一些流行体，失去了自我，没有追求，最终导致书风不正。"

"那么，您认为怎样才算是真正的书法呢？"我们问王先生。

王先生回答说："书法应是千人千面，体现个性，有自己的面目。不能把临摹当成创作，临、创是两回事。书法要有自己的意匠加工，充分体现自己的性情。怎能都是欧字、颜字？认为写像了古人就成了书法家，这是非常错误的看法。"

"还有一种看法认为书法创作是任意发挥，任笔为体，不必下临习的功夫，这种看法也是错误的。书法渊源有自。任何书法家都是从古代来的。古代是一个宝库，要善于从里面淘金，如蜜蜂采花、酿蜜一样，要不断地淘金、冶炼。简单的拿来主义和一味否定前人，都是不好的倾向。"

我们问王先生："现在书画之间的分工越来越细，对这个问题您怎么看？"

王先生说："中国近代的艺术分工主要受日本影响，把书、画截然分开。事实上中国从古代开始就是书画同源，能书者必能画。像苏东坡、文与可、扬州八家等都是明显的例子。赵孟頫、郑板桥、吴昌硕、齐白石都是把书法的功力表现在了画里。由于日本画、西洋画的冲击，中国人欣赏中国画的观念淡漠了，把作为中国画支撑的中国书法，以书法为魂、骨法用笔的要求忘记掉了。最近，有人写文章提到'中国画笔墨等于零'，我不同意这种观点。我要说：中国画没有笔墨等于零！每个民族都有自己的艺术语言，自己的表达方式。欣赏中国艺术要寻根。书法就是中国艺术的根。任何艺术都讲究骨法、风骨，除去了骨，艺术就没有支撑没有脊梁。中国艺术的根就是书法的骨法用笔。否则，就没有灵魂，没有筋骨，没有血肉。能够代表中华民族灵魂的艺术就是中国的书法和绘画。"王先生还说："有些中国人觉得自己本体的东西不科学。承认科技落后是事实，但就文学、艺术而言，并不比人落后，而是很先进，很伟大。所以说，对待我们自己的艺术，既不能夜郎自大，也不能妄自菲薄。"

"那么，您认为中国书画面临的最主要问题是什么呢？"我们问道。

王先生说："一是国家对书画的经济投入力量不足。现在，中国的书画卖不过西方，卖不过日本，与国家投入有很大关系。二是作品的质量差，一哄而起，短期行为，鱼目混珠的现象太严重，缺乏品位。三是基数大，但真正的艺术家太少。"

我们又问："您的追求目标是什么呢？"

王先生并没有因我们提问生硬而有什么不快，答道："我的目标就是燃起生命的艺术之火，成为一个诗、文、书、画兼备的全方位的艺术家。把整个生命投入进去，忍受诽谤、抨击、打击，为重塑国魂、重塑人文精神贡献一份力量。"

最后，我们问王先生："能用一句话概括您最近的心境吗？"王先生答道："可以说是'人爱热闹，我爱枯燥'。我要求自己要天天读书、写字、画画、作诗。在别人看来，这种生活是单调、枯燥的，但对我来说，却是其乐无穷。最近，山东淄博请我去写字、作画，提出给 20 万元，我谢绝了。要时刻警惕自己，不被金钱奴役。因为去一次就会去第二次，这样就会毁掉艺术。要保持自己的艺术晚节。"

2000 年 9 月 28 日

"南开人瑞" 杨敬年

离开南开园将近二十年了，但和许多师长仍保持着密切的联系。在这些师长中，年龄最大的一位就是杨敬年先生。

杨敬年先生，湖南汨罗人，1908年11月10日（农历十月十七日）出生，英国牛津大学政治学哲学经济学（PPE）专业毕业，哲学博士，南开大学教授，著名翻译家，我国发展经济学的奠基人。

现在，97岁的杨敬年先生是南开大学教职工中年岁最大的一位，堪称"南开人瑞"、"世纪老人"。虽然已接近百岁高龄，但杨先生依然是耳聪目明，步履稳健，生活完全可以自理，这不能不说是一个奇迹。

我很喜欢和老先生聊天，因为在这些随意的交谈中，不仅能得到许多知识，还会获得许多人生的启示。我曾经问过杨先生，您这样长寿，身体这样好，有没有特殊的养生之道，比如说经常吃一些补品之类？杨先生告诉我："我从来不吃什么补品，在吃饭上没有特殊的嗜好，什么都能吃。如果说有什么养生之道的话，那就是这么几句话：养生在动，养心在静，知足常乐，无求则安，起居有时，饮食有节。"他的生活非常有规律，饮食起居如同时钟一样准时。

在接触杨敬年先生之前，我对先生的身世并没有太多的了解。依照常理推断，一个毕业于国民党中央政治学校大学部，又留学英国牛津大学获得博士学位的人，一定是出身于官宦或大户人家。事实证明这一推断错了。"我是典型的农家子弟，而且是出身贫雇农的子弟。"

杨先生很认真地告诉我。在他出生后不到一个月，父母就因为感情不和分手，父亲出走，杳无音信，母亲带着他回到了外祖父家。杨敬年先生是由外祖父抚养大的。幼年时期，他在外祖父的教导下读完了"四书五经"，所做文章也被外祖父誉为"清通"。13 岁的时候，他的叔祖父借钱将他送到岳阳县第一高等小学（简称"高小"）读书，为的是将来可以教小学以自食其力。他的叔祖父也许没有想到，"高小"的起点使他步入了知识的殿堂，成就了一个蜚声海内外的经济学家和翻译家。提到少年时的学习生活，杨先生说："那时为什么要努力读书，就是因为学习好可以考公立学校，不掏钱就可以有书念，有饭吃。"

1924 年，16 岁的杨敬年"高小"毕业后考入湖南省立第一师范学校继续读书。1927 年，他和许多追求进步的青年一样，进入中央军事政治学校长沙分校步兵科学习，准备在毕业后投身大革命的洪流，但时隔不久，许克祥在长沙发动"马日事变"，捕杀共产党人和进步群众，杨敬年愤而离开学校回到家乡教小学。但追求救国救民的理想使他不满足于乡村小学教师的生活。1929 年夏天，他离开湖南，到上海报考劳动大学的中学部，因超龄未被录取，不得已到南京进了两个短期学校学习测量和无线电。1932 年，他考入中央政治学校大学部行政系，四年后如期毕业。但他没有像大多数同学一样去做县长或政府官员，而是选择了继续求学的路，考入当时尚属私立的南开大学经济研究所做研究生。但仅仅过了一年，就发生了"卢沟桥事变"，平津沦陷，南开大学被日军炸毁，学校南迁昆明，他的学业被迫中断。1945 年，中断七年学业的杨敬年经过刻苦努力，考取了"庚子赔款"第八届留英公费生，进入牛津大学攻读"政治学哲学经济学"专业。在牛津大学期间，杨敬年品学兼优，先后担任牛津大学中国学生会主席、留英中国学生总会主席，1946 年夏天，他率领中国留学生代表团前往捷克首都布拉格参加世界学生联合会成立大会，当选为理事。1948 年 5 月，他的《英国中央政府各部职权的分配》通过论文答辩，被授予哲学博士学位。

获得博士学位后，曾担任南开经济研究所所长、在美国任教的何濂教授希望他去美国从事经济研究，并事先为他在银行里存了一部分黄金，作为他的旅途开支。但杨敬年经过慎重考虑，最终放弃了去美国的计划，他用这些黄金为南开大学买了一批书籍，于 1948 年 8 月回到了祖国，回到了南开大学。

1949 年 1 月 15 日，天津解放，杨敬年作为军管会聘任的南开大学校务委员迎来了新时代的到来并担任南开大学政治经济学院政治学系教授。时隔不久，政治学系被取消，政治经济学院改名为财经学院。杨敬年奉命创办财政系，并兼任系主任。他代表学校同中央财政部合作，聘请财政部的司、局长和苏联专家来南开讲课并带领学生到财政部实习，为新中国培养了一批财政人才。这些人才，有的至今还活跃在学术界和政府部门，著名财政学家、中南财经政法大学教授梁尚敏就是其中的一位。

天有不测风云。正当他满怀信心地献身教育和学术时，反右派运动开始了。1957 年 8 月，一向沉默寡言、专心治学的杨敬年先生被错划为"极右分子"，开除公职并被判处管制三年，每月 207 元的四级教授工资也降为 60 元生活费，被强令在经济系资料室接受改造。谈到被打成"右派"的经历，杨敬年先生说："实际上，我什么'反动言行'也没有，只是按照民盟支部的要求通知大家开了一次会，但却是受处理最重的一种。"恰好，我订阅的《鲁迅研究月刊》2004 年 12 期上有一篇朱正先生的文章，题目是《鲁迅交往中的右派分子》，其中有两处引文提到了杨敬年先生。一处是 1957 年 8 月 6 日《人民日报》刊出的新华社天津四日电："南开大学共辟了五个反右派斗争的战场……在这个小集团中有副教授任振威，教授杨敬年、傅筑夫等人。"同年 8 月 8 日的《天津日报》在《攻破傅筑夫杨敬年等右派集团》大字标题下，内容是："据初步揭发的材料，杨敬年和刘君煌并且拟定了一个名单，准备篡夺目前的领导……"这些话，用今天的眼光来看，可以说是荒谬绝伦，不值一驳。而且，也成为今天的一种笑谈。但突如其来的"阳谋"却成为杨敬年先生命运的转折点，成为他心中永远的痛。因此，当我把这本《鲁迅研究月刊》寄给杨先生之后，他很快给我写来回信，信中说："阅读此文如有隔世之感。"

是的，在被打成"右派"的日子里，他遭受了常人难以想象的苦难。正当他在生活上陷入困境、精神上极度苦闷的时候，他唯一的儿子又身患重病，英年早逝；他的夫人由于经受不住接踵而至的打击，突发脑溢血，命虽然保住了，但却从此半身不遂，瘫痪在床，直至 23 年后离开这个世界。关于这段经历，杨敬年先生很少提及，只是在一篇悼念南开大学前校长杨石先先生的文章中多少流露了一点，文章中说："那时的我，如同在人生的荒漠中踽踽独行。"

在逆境中，杨敬年先生没有灰心，没有绝望，而是自强不息，坚忍不拔。他时常用《易经》中的两句话来勉励自己："天行健，君子以自强不息"，"地势坤，君子以厚德载物"。直到前年，我拿出他翻译的《国富论》请他签名题字时，他也毫不犹豫地为我写下了这两句话。他当时的一首五言诗也表明了他的心迹："十年如逝水，半百转蹉跎。顽体欣犹健，雄心信未磨。丹诚贯日月，浩气凛山河。大地寒凝肃，春花发更多。"

杨敬年先生说到了，也做到了。在被打成"右派"的 22 年中，他没有消沉，没有抱怨，而是默默地忍受着、劳作着。他坚信，问题总有水落石出的一天。他在心底默默地告诫自己：我是劳动人民用血汗培养的知识分子，不论在什么情况下，我都必须努力工作，尽自己所能，来报答他们。他的大部分翻译作品，都是在被打入另册的环境中完成的。这些作品包括：《英国议会》（商务印书馆 1958 年版）、《白劳德修正主义批判》（三联书店 1960 年版）、《1815～1914 年法国和德国的经济发展》（商务印书馆 1964 年版）、《不稳定的经济》（商务印书馆 1975 年版）、《美国第一花旗银行》（商务印书馆 1976 年版）、《垄断资本》（商务印书馆 1977 年版），另外，他还为外交部翻译了许多联合国文件。尽管，翻译这些著作没有任何报酬，甚至不能在书前署上自己的真实姓名。

当我得知他在几十年中遭受了那么多的冤屈和不幸时，不禁问道："您是不是后悔当初没有去美国，假如那样的话，是不是可以少受些挫折，会做出更大的成绩？"杨先生的回答是："我不后悔，我也不认为在国外能够做出多少事情，我觉得还是回国好，在国内同样可以把事情做好。"

在中国美术界，早就流传着黄宾虹、齐白石"衰年变法"的佳话。而杨敬年先生晚年的成就则为中国乃至世界经济学界创造了一个奇迹。

杨敬年先生在书房

杨敬年先生在新著上题字

1979年，杨敬年先生被彻底平反。一切强加在他身上的不实之词被彻底推翻，一切泼在他身上的污泥浊水被洗刷干净，而此时的杨敬年先生已是年逾古稀。但他却没有迟暮之感，更没有"解甲归田"，而是像一颗巨大的恒星，发出了更为灿烂和耀眼的光芒。当许多人告别讲台回到家中含饴弄孙、尽享天伦之乐的时候，杨敬年先生却说："我要再工作二十年。"后来的事实证明，这句话他真正做到了，而且远远超过了二十年。

——他在国内率先研究发展经济学，为国家培养了 20 名研究生和一大批本科生。现在，他的这些学生已经成为学术界、商界和政府部门的中坚力量，有的已经是教授或博士生导师，直到现在，很多教授还前来向他请教，因此，杨敬年先生堪称"教授中的教授"，尽管他没有太多的头衔和光环。

——他独自撰写并出版了《西方发展经济学概论》一书，该书洋洋洒洒，旁征博引，新意迭出，凡 54 万字。书出版后，广受赞誉，获得全国第二届普通高等学校优秀教材奖。

——他独自编译了 61 万字的《西方发展经济学文献选读——第三世界国家经济发展理论与实践综合分析》，被作为高等学校文科教学参考书公开出版。

——他完成了国家教委"七五"哲学社会科学重点科研项目"第三世界国家经济发展理论与实践综合分析"，提出了"论经济发展的十大关系"的著名论点。

——他以深厚的哲学理论功底，在多年潜心研究和思考的基础上，撰写和出版了《人性谈》一书，从历史学、生物学、心理学的角度

高等学校文科教材

西方发展经济学概论

杨敬年 著

《西方发展经济学概论》书影

探讨了人性的本质，探讨了人性和政治、经济制度以及伦理道德的密切联系，提出了"政治制度的核心问题是权力分配问题，经济制度的核心问题是收入分配问题"，"政治制度和经济制度都要关心人性问题"等令人耳目一新的见解和观点。

最令人们瞩目的，是杨敬年先生在耄耋之年翻译《国富论》的壮举。《国富论》，全称《国民财富的性质和原因的研究》，是英国经济学家亚当·斯密在 1776 年出版的一部巨著。这部书，是第一部系统阐述古典经济自由主义理论和政策的著作，对反对英国的封建残余势力，发展资本主义生产力，起了非常重要的作用。西方学者将这部与《美国独立宣言》同年问世的巨著称之为"产业自由宣言书"。19 世纪末年，我国的维新派人物严复将这部书翻译成中文，取名《原富》，献给当时的光绪皇帝，希望有助于清末的维"大业"，但由于当时的历史环境，又加之文笔古奥，删节过多，此书在 1902 年出版后不曾引起任何值得重视的影响。

1931 年，年轻的经济学家郭大力和王亚南为翻译《资本论》和宣传马克思主义政治经济学作准备，翻译出版了《国富论》（1965 年修订时改为《国民财富的性质和原因的研究》），在学术界和理论界引起了巨大反响。商务印书馆将其列为"汉译世界学术名著丛书"，至今仍畅销不衰。

一般而言，翻译作品是后来居上。但这里要有一个前提，那就是翻译者

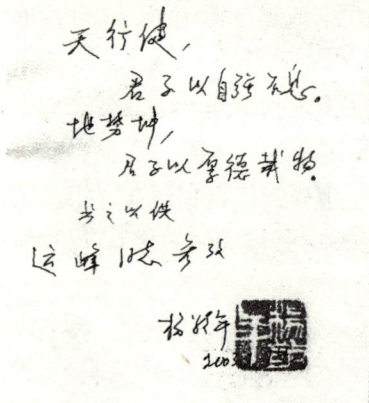

杨敬年教授在《国富论》上的题字

杨敬年教授所译《国富论》书影

的中、外文必须有相当高的造诣。正如翻译家傅雷所说，如果原作者懂得中文的话，那么，翻译出来的作品应该是原作者的中文写作。而对于学术著作来说，则又需要增加一个条件，即翻译者必须精通专业。就翻译《国富论》而言，杨敬年先生无疑是最佳人选。他幼年时即熟读"四书五经"，数十年嗜书如命，虽身处逆境而不辍，具有深厚的文字功底；他在学生时代就刻苦攻读英文，上百篇英文作品倒背如流，又加之在牛津大学的三年苦读和长期的翻译工作，使他的英语达到了炉火纯青的境界；他长期从事经济学的教学和研究，在专业上有着高深的修养和造诣。因此，当"影响世界历史进程的十本书"的主编找到杨敬年先生的时候，他毫不犹豫地答应下来。

从 1997 年开始，89 岁高龄杨敬年先生每天凌晨三点起床，逐字逐句地推敲、翻译至早晨七点方开始休息。下午则开始逐字逐句地修改、校对并为明天的工作做准备。整整一年的时间，没有假日，没有娱乐，他完成了包括正文、页边提要、注释、导读在内的 74 万余字的翻译工作。这是连他自己都没有想到的。他对我们说："我当初也不知道这部书有多少字，我每天译四页，三千字，一天也不间断，就这样在一年内完成了。"这部译著出版之后，好评如潮，在不到一年的时间里，已连续印刷五次，发行量超过 30000 册。著名经济学家梁小民教授把研读这部著作当作自己的"功课"，用了将近一年的时间，读完后赞不绝口，向许多人推荐这部好书。当人们向九十高龄的杨敬年先生表示祝贺和敬意时，他谦虚地说："俗话说'行百里者半九十'，我想人生也是一样。如果一个人活一百岁，九十岁才走了一半，我还有一半的路要走啊！"

而今，97 岁高龄的杨敬年先生没有满足，他虽然足不出户，但依然在不停止地工作和思考，依然在关注着国计民生，他说："我要把以前想看而没有时间看的书都看一看，多学一些新东西。有时我也在网上和国内外的学生、朋友通通信。总之，是活到老，学到老。"当他听说我把"当代中国农民负担的制度分析"作为博士论文的选题时，他非常赞同，说："这个题目选得好，农民问题太重要了。这些年，我们从农民身上取得了很多，但给农民的却很少，应该好好研究。"然后，他把一家出版社刚刚寄给他的一套研究"三农"问题的书籍推荐给我，说："也许对你有些用处，你拿去参考吧。"当我从这位 97 岁的老人手中接过这套书的时候，我感到了沉甸甸的分量。因为，这其中有着一位世纪老人对后来者的殷殷厚望。

真希望经常见到杨敬年先生，每当见到他，我都会获得直面人生的勇气和力量，同时，也获得了做一些有益事情的热情和信心。

一位以实事求是为灵魂的经济学家

——记谷书堂教授

提起南开大学的谷书堂教授，中国经济学界可以说是无人不知，无人不晓。这不仅是由于他曾经担任南开大学经济研究所所长、南开大学经济学院院长，也不仅仅在于他曾经主编至今在学术界和教育界广受赞誉的《政治经济学》（社会主义部分），更重要的是，他不平凡的人生道路、学术生涯和一向坚持的实事求是的学风。

在南开大学求学的时候，我们就听过谷书堂教授的讲座，但那只是远距离的接触，因此印象并不深刻。没有想到的是，十几年后，我们竟走进了谷书堂教授的家，对他进行"经济学人"栏目的采访。

谷书堂教授身材高大，不苟言笑，言谈话语中透着一种严肃和冷峻。刚开始，他甚至还对我们保持着一种警惕。因此，我们的采访最初并不是很顺利。经过我们说明来意，他才打消了戒备。因为这些年以各种名义找他的人太多了，使他不胜其烦：有来向他拉赞助的，有来找他写评语的，有来请他担任这样那样的顾问的，有来请他参加这样或那样的活动的。这些，对于一位年近八旬，身兼数职而诸事缠身的学者来说，的确不是一件轻松事。

由于时间的关系，我们和谷书堂教授没有更多的寒暄和客套，而是直奔主题。我们问道："您从事经济学的教学与研究几十年，最初接受的是苏联政治经济学教科书那一套理论体系，那么，是什么促使您关注现实中的经济和社会问题，从而确立了自己的学术品格？"谷书堂教授沉思了一会儿，语气平缓地说："有两件事，给我的印象最为深刻。一是在三年经济困难时期，我到天津西郊杨柳青的一个大队搞调查。那时正是麦收季节，我和一位老人聊天。老人向我发牢骚说，过去，我给地主当长工，麦收的时候还能吃上白面馒头，而且管够，现在新社会了，倒是吃不饱了，你说这是怎么回事？作为一名经济学教师，我无法回答这位老人看似普通却是深刻的问题，我感到很痛苦。因为报纸上一再说形势大好，人定胜天。许多从农村返校的学生也在课堂上向我提出同样的问题，我也无法回答，只能是环顾左右而言他。二是邹鲁风的自杀。那是 1959 年，担任北京大学副校长的邹鲁风为了实地了解曾在当时引起较大争议的公共食堂问题，带领北京大学和中国人民大学的一百多师生到河北省安国县等地搞社会调查，掌握了大量的第一手资料，了解到了农民的真实情况。出于一个学者和唯物主义者的良知，他们把实际情况写成了报告，希望引起高层的重视，取消这种严重侵害农民利益的行为。但没有想到，邹鲁风却因为这份实事求是的报告，被打成右倾机会主义分子，最终服过量安眠药自尽。当我知道这件事情的时候，我更加感到迷惘和痛苦，为什么说真话实事求是却带来这样的结果呢？但这两件事情也使我认识到理论和实践之间的差距，促使我逐渐从现实出发去观察和思考问题。"

说到邹鲁风，我们想加插一段关于邹鲁风本人的介绍。邹鲁风（1909—1959），原名邹素寒，曾化名陈蜕，辽宁辽阳人。解放前为北平东北大学学生。1936 年 1 月初，他以北平"学联"代表的身份到上海参加全国"学联"的筹备工作，经曹靖华介绍结识了鲁迅并得到鲁迅的资助。同年 2 月他再次去上海时，曾请鲁迅代转中共北方局给中共中央的报告。也许是出于对鲁迅先生的敬仰，他后来改名为邹鲁风。他 1959 年顶着风浪深入实际调查研究并同情农民命运的做法，是否也受到了鲁迅先生的影响呢？我们想应该是的。

作者与谷书堂教授合影

随后，谷书堂教授向我们谈起了他的人生经历。

1925 年 10 月 5 日，谷书堂出生于山东威海。父亲是一艘渔船上的轮机手，母亲是一家绣花厂里的工人。父亲的忠厚和母亲的开朗使谷书堂从小养成了坦诚和开放的性格。1939 年，谷书堂在其舅父的资助下，来到烟台读中学。在五年多的时间里，谷书堂受到了良好的文化教育，同时也培养了他独立生活的能力。1946 年 10 月，谷书堂考取了由清华、北大、南开联合招生的西南联合大学，进入南开大学经济系读书。当时，他对经济学并不了解，主要考虑的是将来毕业后就业的路子比较宽，可以找到一个生活有保障的职业。但没有想到的是，当初的选择决定了谷书堂的一生。

1950 年 10 月，从南开大学毕业后在中共天津市委宣传部工作了一段时间的谷书堂重新回到南开大学，担任政治理论课教师，开始了他长达半个世纪的学术和教育生涯。

当我们问道："您在大半生的学术生涯中，所遵循的信条是什么"时，谷书堂教授不假思索地说了四个字："实事求是。"乍一听到这个回答，我们不免有些失望，因为这太平常了，是被许多人挂在嘴边上的。但当我们了解了他坎坷的学术生涯之后，才明白这四个字的分量。

20 世纪 50 年代，正是全国范围内搞合作化、对私营经济进行"一大二公"改造的时期，在经济理论上，也是全面引进苏联政治经济学理论的时期，全国上下对"一大二公"高唱赞歌，认为在公有制经济中，人与人之间的物质利益冲突已不复存在，人人都会"各尽所能"，而且很快就会实现"各取所需"。在这种情况下，作为一个经济学者，谷书堂敏感地意识到这种认识的错误。因为在经济生活中，没有物质利益的激励，生产效率是难以得到保证的。经过认真的思考，谷书堂与同事蔡孝箴合作完成了《论物质利益原则及其在解决国家合作社和社员之间的矛盾中的作用》一文，在 1957 年第 1 期的《南开大学学报》发表。在这篇文章中，他们提出，谋求个人的物质利益是人们从事物质生产的主要目的，在生产中，劳动者需要物质利益的刺激。但在那个时候，谈物质利益很不合时宜，不仅需要很大的勇气，同时也要为此付出沉重的代价。果然，在 1959 年反右倾运动时，谷书堂首当其冲，成为南开大学经济系的重点批判对象，被勒令停职检查。1963 年，处境刚刚好转的他又在《社会主义条件下的价值和价格》一文中探讨平均利润和生产价格问题。在文章中，谷书堂认为，社会主义工业生产也存在利润、平均利润与生产价格。尽管利润、平均利润和生产价格在客观上是存在的，但这同样也是一篇不合时宜的文章，当然也同样为此付出了沉重的代价。"文革"开始，他被"新账老账一起算"，被明令"不准上台讲课，不准上台发言，不准发表文章"，成了与人民群众对立的"牛鬼蛇神"。在"牛棚"里被关了八个月后，他被下放到天津南郊的大苏庄农场劳动改造两年。至今，我们还可以看到他身穿旧棉袄、举鞭放羊的一张照片，照片上的他与普通农民没有任何区别。这段经历，给谷书堂教授留下了刻骨铭心的印象，他说："一些'罪过'轻一点的下放后还可以住在老乡家里，而我们则像'重刑犯'一样，被带到远离市区和乡村的农场，有人指着干打垒的几排房子说，这就是你们的家，过一段时间把爱人、孩子接来，在这里安家落户。"但那时的谷书堂并没有绝望，他坚信真理必将战胜谬误，"政治运动"终不会长久，总有一天，他还会获得重上讲台的机会。事实证明，他的判断是正确的。现在看来，在农场劳动"改造"的那段时期，可以称之为他学术生涯中的"蛰伏期",这对于一个有着坚定信念、有着坚强的承受力的经济学家来说,也是一种难得的磨炼。

尽管谷书堂教授在学术道路上曾经受到过这样或那样的误解和批判,他在人生道路上也经历过这样或那样的风雨和坎坷,但他在研究计划经济时提出的一些观点,直到今天也仍然有着重要的启迪作用。比如,他在研究计划经济中的管理机制时认为,上级对下级的长期有效管理实际上是通过升职和降职这一激励机制来进行的,即整个管理体制实际上完全依赖于人的利益动机。这是他发现的计划经济体制的一个悖论。计划经济存在的基础是公有制能保证人们的利益完全一致,所有成员都大公无私,不追求个人利益,但它的有效执行则必须依赖人们追求个人利益的动机。而且在这种体制中,人们追求个人利益的实现不是通过生产出更多的产品,而是通过上下级管理者之间的一系列关系间接地实现的。这就不可避免地带来一种扭曲,即人的行为与产出最大化是相背离的,由此必然导致无效率。可以看出,这一分析思路对现在的行政管理体制改革仍有着极为重要的借鉴意义。

学术上的探索倾注了谷书堂教授的心血,特别是在政治运动频繁的年代,在学术与政治紧密结合在一起的中国,真正要追求真理,做到实事求是谈何容易!实事求是,就是不唯书,不唯上,只唯实;实事求是,就是要勇于面对现实,敢于怀疑一切;实事求是,就是要凭着一个人的良知,研究现实社会的发展规律,解决社会生活中的各种矛盾;实事求是,就可能意味着在相当长的时间内,忍受所谓"主流"、"正统"派的批判和歧视,忍受长时间的孤独与寂寞。我们曾经看过许多种政治经济学教科书,几乎上面发一个文件,就做一次大的改动,成了官方文件的解释和政策的汇编,谈不到自己的独立观点和独立体系。有时我们想,如果把同一部教科书的不同版本排列在一起,拿给编写者来看,一定是一件很有意思但也很尴尬的事情。

谷书堂教授的整个学术生涯实际上也是其不遗余力地由不自觉到自觉地呼吁我国经济体制由计划经济走向市场经济的过程。在这方面,他尽到了一个有良知的经济学家的责任。

谷书堂教授接受作者采访

20 世纪 70 年代后期，恢复工作不久的谷书堂教授以物质利益关系为主线，将物质利益原则写进了由他担任主编的《政治经济学》（社会主义部分，简称"北方本"），尽管这一理论体系引起了广泛的争议，但也正是这一理论体系，使该书在长达二十年的时间里成为我国政治经济学领域内最有特色的权威教材之一。

1978 年，在《论价值规律在社会主义商品经济中的调节作用》（《南大开学学报》1979 年第 4 期）一文中，谷书堂教授提出了社会主义经济是生产资料公有制基础上的有计划的商品经济这一重要观点。他认为，社会主义经济是计划经济和商品经济的统一，是一种建立在社会主义公有制基础上的有计划的商品经济。在当时，这一观点具有很强的前瞻性，对于推动社会主义政治经济学研究和经济体制改革发挥了重要作用。

谷书堂教授在学术上的另一个重要贡献就是他所提出的"贡献分配说"，这源于他对实践所进行的长期观察与思考。早在人民公社化时期，就存在着"工分制"，一般来说，一个男劳力劳动一天可以得十个工分，那么这就带来一个问题，就是对于"出工不出力"的人如何约束，当时的办法就是批判"懒汉懦夫世界观"，或是每天晚上搞群众评议，由此造成了社员之间的矛盾。在工厂，普遍实行从苏联照抄过来的"八级工资制"，虽然规定了工资等级，但差别很小，激励作用不大，加之很长一段时间工资几乎冻结，绝大多数人的工资长时间固定在一个水平上，实际是平均分配、吃"大锅饭"，这就严重挫伤了职工的积极性。谷书堂教授认识到，这种机制下的"按劳分配"是行不通的。他从一些农村和单位的实践中发现了一种普遍存在的现象——凡是能按物化并能按量化的劳动付酬，其实践效果都是比较好的。每个人的业绩如何，大家心明眼亮，因而按各自贡献的大小领取报酬也最容易让人心服口服。这就使他形成了按劳分配应该理解为按劳动贡献分配，而不是按劳动量分配的观点。经过长时间的研究和探讨，1988 年 1 月，谷书堂教授和他的博士生蔡继明一道，完成了《按贡献分配是社会主义初级阶段的分配原则》一文。在文章中，他们除了系统阐述按劳动贡献分配原则外，还具体分析论述了其他形式的分配，即非劳动要素参与分配的问题。同年 10 月，谷书堂教授将经过修改的论文提交给"纪念党的十一届三中全会十周年理论讨论会"，在理论界和学术界引起了很大反响，受到了高层决策部门的重视，但也招致了激烈的批评。但谷书堂教授始终抱着"举世而誉之而不加劝，举世而非之而不加沮"的态度，依然坚持自己的观点并将这一理论逐渐引向深入。现在，这一理论观点已经得到了广泛的认可并成为政府决策的依据。

谷书堂教授的学术生涯说明了这样一个事实：他是一位以实事求是为学术品格的经济学家。他的学生们在耳濡目染中也形成了这样的共识：他是一个在平凡中努力实践实事求是原则并努力按这个原则规范自己行为的人。他的著作、论文、调查报告无不体现出这个原则。

谷书堂教授另一方面的成就是不能不写上一笔的，那就是他在培育学生方面的成功。俗话说，名师出高徒，因此大多数人都讲究师承，有一位好老师，可以使自己的学习少走许多弯路。反过来，老师的影响也是靠学生来传播的，所谓薪火相传，代代不已。谷书堂教授自身既是名师，也培养了一批高徒。数以千计的经济学系的本科生不说，单说他培养的硕士生和博士生，就有几十人，而这些学生，目前要么是大学、研究院（所）的教授、研究员，要么是政府部门的主要负责人，谷书堂教授真可谓桃李成林，芳馨远播。在传授知识的同时，谷书堂教授还教导学生要以国家大业为重，淡泊个人名利，做一个正直坦诚的对社会有用的人。而今，他的学生们已经或正在实践着他的教导和告诫。

"莫道桑榆晚，微霞尚满天"。谷书堂教授虽已年近八旬，但他依然关注着当代中国经济学的发展，关注着国家的前途和命运，在他的身边，有许多重大的课题在研究之中，我们祝愿谷书堂教授健康长寿，取得更为丰硕的成果。

2003 年 9 月 9 日

不辞艰辛　孜孜以求

——访魏埙教授

在一个冬天的下午，我们如约来到了南开大学教授魏埙先生的家。

进入客厅，最先引起我们注意的是魏埙教授的一幅书法作品，内容是王安石《游褒禅山记》里的句子："世之奇伟瑰怪非常之观，常在于险远，而人之所罕至焉，故非有志者不能至也。"魏老的这幅书法作品，笔酣墨畅，浑厚苍劲，体现着大学者治学的修养。魏老告诉我们，他平时最喜欢的是京剧和书法，而书法则是受其父亲的影响。他的父亲能写一手好字，远近闻名。他很小的时候，就帮助父亲磨墨抻纸，有时还为父亲代笔，耳濡目染之下便爱上了写字，以至成了他的终生爱好。现在，经常有人向他求字，大有"债台高筑"，不堪重负之感。魏老告诉我们，在工作之余，听听京剧，练练书法，可以调剂精神，陶冶性情；书法是一种气功，我国历代大书法家大都长寿。

在三个小时的采访中，我们慢慢体会到，魏老写的那幅字，并不是他陶情冶性的信手之作，而是他的志向和追求，是他人生和学术之路的高度概括。

侃侃而谈的魏埙教授

最早接触凯恩斯《通论》的人

1919 年 2 月，魏埙教授出生于河北省安新县一个普通的耕读家庭，算得上真正的白洋淀人。1937 年，从河北保定省立第六中学毕业的魏埙抱着"科学救国"、"实业救国"的愿望，报考了清华大学电机系，但遗憾的是，因色盲而不能报考工科。随后，他又考入了燕京大学的物理系，但只一学期，就转入经济系。他觉得，学习和研究经济学理论同样能掌握救国救民的本领，同样能为贫穷积弱的国家贡献力量。

魏埙在燕京大学学习期间，正是抗日战争全面爆发的时期。燕京大学作为美国人创办的一所教会大学，在校长司徒雷登的周旋下，总算是在国事蜩螗、风雨飘摇中支撑了下来。年轻的魏埙也得以在相对平静中度过了大学时光。那时的燕京大学，讲课以英语为主，教材、参考书也无一不是英文，甚至连每学期开学注册、选课也都是用英文。这就使得魏埙在学生时代就奠定了坚实的英文基础，也使他最早接触到了 1936 年问世的凯恩斯代表作——《就业利息和货币通论》。

20 世纪 30 年代之前的西方经济学界，占统治地位的是以马歇尔等为代表的现代古典学派经济理论，这一理论认为，资本主义经济能够借助市场调节自动地处于充分就业的均衡状态。但 1929～1933 年资本主义世界所爆发的历史上最严重的经济危机，却打破了西方传统古典经济理论的神话。英国著名经济学家约翰·梅纳德·凯恩斯（John Maynard Keynes），为了探求资本主义经济的病症和良方，经过潜心研究，于 1936 年出版了《就业利息和货币通论》一书。凯恩斯认为，市场经济能自动地处于充分就业的均衡状态是不真实的，是一种特殊情况，而最经常的情况是处于小于充分就业的均衡状态。凯恩斯的这本书，从根本上动摇了被西方奉为圭臬的传统经济理论，在西方经济学界和政府部门引起了巨大反响，对于西方国家加强政府干预、摆脱经济危机发挥了重要作用。这一经济学上的变革被称为"凯恩斯革命"。凯恩斯的《通论》也与亚当·斯密的《国富论》、马克思的《资本论》并列为经济学史上的三大著作。此后，凯恩斯的理论逐渐取代了传统经济理论，成为西方社会的主流经济理论，同时也成为西方国家政府干预市场的主要理论依据，各国政府纷纷采用其政策主张。

1939 年，尚是一名大学生的魏埙，就在一位英籍教授林迈可（M. Lindsay）所写的一本小册子《货币理论》（实际上是凯恩斯《通论》的一个提纲）的启发下，系统、认真地研读了《就业利息和货币通论》。1947 年，魏埙曾将《货币理论》这本小册子译成中文，发表在天津的《益世报》上。可以说，魏埙教授是我国最早接触凯恩斯《通论》的学者之一。

《资本论》研究的权威

在大学期间学习政治经济学的时候，老师要求我们要认真阅读《资本论》，并说，在当代中国的经济学界，有两位教授研究《资本论》最有名，一位是福建师范大学的陈征，一位就是南开大学的魏埙。此言不虚。魏老研究《资本论》的时间很长，早在解放前，他就与何正义、黄金环等人一起成立了一个《资本论》研究小组，开始秘密阅读、研究《资本论》。在以后几十年的教学和科研生涯中，他将精力主要集中在《资本论》教学和研究上，共发表论文二十余篇，出版九本著作、三本教材和四本译著，可谓硕果累累。

魏埙教授研究《资本论》，基础扎实，视野开阔。20世纪50年代初，由于院系调整，魏埙教授获得了一段相对空闲的时间，他系统地精读了《资本论》全三卷。在一间斗室里，他对照英文版原著，每每研读到深夜，连一个脚注都不放过。这段时间的苦读，使他奠定了深厚的理论基础，也使他感受到了这部巨著的理论力量和逻辑魅力。在这个基础上，他完成了《价值规律在资本主义各个阶段的作用及表现形式》、《<资本论>第一卷重要名词索引》、《也谈谈关于纯粹流通费用的补偿问题》、《再论社会必要劳动第二含义——答王章耀、萨公强两同志》等重要论著。进入80年代，他对《资本论》的研究进一步深化，集中精力研究生产价格和垄断价格理论。经他倡议，在南开大学举办了全国性的生产价格学术讨论会，他本人也相继撰写了《关于垄断价格问题》、》《关于价值到生产价格的"转形"问题》、《再论垄断价格问题》、《再谈关于商品价值到生产价格的"转形"问题》。同时，他主编了《<资本论>的理解与启示》三卷本，全面、系统地论述了《资本论》的基本理论、观点和方法及其对研究社会主义经济问题的启示。作为编委，他还参加了大型辞书《资本论辞典》的编写和审定工作，并组织翻译出版了《马克思<资本论>的形成》、《重读<资本论>》等西方研究《资本论》的重要著作。另外，他还负责了《简明不列颠百科全书》中若干经济词条的翻译和审校工作。

魏埙教授认为，搞学术研究不能闭门造车，作茧自缚，要时刻关注学术动态，使自己始终处于学术前沿，这样的研究成果才有价值。长期以来，他坚持每个星期必去两次资料室，从报刊和新购置的图书中了解最新的学术动态。他还经常为南开大学经济学院的资料中心选购经济方面的图书资料，并且曾因选购的图书质量好而获得过奖励。直到如今，他还为当初不惜巨资选购一套英文原版"世界著名经济学家评论丛书"而深感得意。在这套丛书中，每个经济学家占四卷的篇幅，包括传记、代表作、理论观点和评论等，堪称一书在手，不复他求。

魏埙教授始终关注着西方经济学界对马克思经济理论的研究。1978年，他指导的第一个硕士研究生，研究的就是这方面的问题。他连续发表了两篇《〈资本论〉在当代西方经济学界》的同题文章和《马克思主义经济学在当代西方经济学界》等论文，在学术界引起了很大反响。他还与胡代光、刘诗白、宋承先教授等一起主编了《评西方学者对马克思〈资本论〉的研究》一书，该书曾获中国经济学界的最高奖——"孙冶方经济学奖一等奖"。此外，他还开展了对马克思主义经济学与西方经济理论的比较研究。这个问题进入魏埙教授的研究视野，主要是由于当时我国各大学的经济系一般都同时开设政治经济学和西方经济学两门课程，怎样看待二者之间的关系成了学术界一个争论不休的问题。对此，魏埙教授进行了深入的研究和探讨，发表了《马克思主义经济学与西方经济学》（该文获天津市优秀成果奖一等奖）、《关于马克思主义经济学与当代西方主流经济学的比较研究——与樊纲同志商榷》、《中国经济学向何处去》等重要论著。

在谈到当前一些人认为现在我国要搞社会主义市场经济，《资本论》已经过时了的说法时，魏埙教授很不以为然。他说，现在有些人并没有认真地阅读过《资本论》，更谈不上对这一皇皇巨著的理解和研究，就对《资本论》指手画脚，说三道四，这是不科学的。他认为，《资本论》本身就是研究商品经济的，对商品经济的发展规律和缺陷分析得十分透彻，并且这些理论已为西方资本主义国家的经济发展所证实，只要搞商品经济，不管是资本主义商品经济还是社会主义商品经济，《资本论》都具有指导意义。

理论联系实际的典范

魏埙教授并非就《资本论》而研究《资本论》，而是把《资本论》的理论与当代资本主义的现实结合起来，用理论去分析资本主义的现实，研究现代资本主义问题。这一特点，在他对布雷顿森林货币体系崩溃前因后果的研究上表现得尤为明显。

作者与魏埙教授合影

　　1944 年，第二次世界大战结束前夕，西方资本主义国家为了经济复兴和经济秩序的重建，开始研究战后有关国际贸易的两大问题，即关贸总协定和货币问题。那年的 7 月 1 日至 22 日，参加联合国筹建的 44 个国家的代表在美国的布雷顿森林召开会议，研究如何建立世界货币体系。作为当时英国政府代表团团长的凯恩斯认为，世界贸易的规模越来越大，黄金产量较少，按黄金量来发行货币，货币量就会不够，从而影响经济的发展，所以他极力主张采用信用货币，使货币与黄金脱钩。但美国为了自己的利益而坚决主张遵循"用黄金确定货币价值的固定比率"的原则。因为当时世界上 70% 的黄金储藏在美国。会议的最终结果，是采用了美国的方案，即美元与黄金挂钩，使美元成为世界货币，其他国家的货币则采用固定汇率与美元挂钩。但到了 1971 年，美国经济无法承受美元对黄金的兑换压力，从而最终导致布雷顿森林货币体系崩溃。对于这个突如其来的问题，人们缺少必要的知识和准备。对此，魏埙教授组织南开大学的部分教师进行了专题研究，并在当时的天津市革命委员会进行了讲解。这一研究成果被整理成《美元霸权地位的垮台》一书，于 1972 年由商务印书馆出版。

20 世纪 70 年代，日本经济得到了"奇迹"般的恢复和发展。魏埙教授凭借深厚的理论功底，高屋建瓴，深入浅出，主编了《战后日本经济的畸形发展》一书，从理论和现实两方面对日本经济发展中的问题作出了回答。此外，他还在非常艰苦的条件下，主编了《垄断　财团　大公司》一书。

锐意创新的老人

时间进入 20 世纪 80 年代，中国经济到了一个历史性的转折点。作为一个功底深厚、思想敏锐的经济学家，魏埙教授深刻地意识到，将来指导中国经济发展不仅需要马克思主义经济理论，还需要现代西方的经济理论，中国经济学界将掀起一股学习研究西方经济理论的热潮。而且，要进一步深入地研究马克思的《资本论》，也需要西方经济理论背景，因为《资本论》本身就源自对西方资本主义经济的剖析。

但要研究西方经济理论谈何容易！因为，我国对西方经济理论的研究中断了几十年，而且，资料、人手都十分匮乏，开展这方面的研究无异于白手起家。但作为南开大学经济学系主任的魏埙教授还是极富胆识地决定，在经济学系率先增设西方经济学和高等数学两门课程，提倡学习了解西方经济理论，包括主流学派和非主流学派理论。为了解决南开大学西方经济学教学的师资问题，魏埙教授还招收了两届西方经济学研究方向的硕士研究生，并向学生推荐了十本西方经济学著作，即：马歇尔的《经济学原理》、罗宾逊夫人的《不完全竞争的经济学》、张伯伦的《垄断竞争理论》、科斯的《企业的性质》论文集、斯拉法的《用商品生产商品》、凯恩斯的《就业利息和货币通论》、弗里德曼的《货币理论》论文集，以及《博弈论》、《理性预期》、《大公司》等。在这十本书中，马歇尔的《经济学原理》集西方现代古典经济理论之大成；罗宾逊的《不完全竞争的经济学》和张伯伦的《垄断竞争理论》开创了不完全竞争市场研究的先河，是厂商理论的经典之作；科斯的《企业的性质》论文集是在 1987 年纪念科斯的《企业的性质》

一文发表五十周年而出版的，其中就包括了科斯的这篇因提出交易费用理论获诺贝尔经济学奖而誉满全球的论文，除此之外，该书还收集了包括科斯在这次纪念会上所作的三个报告在内的其他七篇论文；斯拉法的《用商品生产商品》一书反对边际效用、边际生产力等理论，从另一个角度分析了市场经济，建立了一套客观的价值理论，是一个独具特色的价格理论；凯恩斯《通论》的划时代意义前面已经提及，不再赘述；弗里德曼的论文集主要介绍了弗里德曼的货币理论，其中包括其最重要的论文《重述货币数量说》，该论文集是货币主义的代表作；《理性预期》是理性预期学派的开山之作；《大公司》是关于企业理论的一本书；《博弈论》开创了一种新的经济分析工具。在魏埙教授的推动下，南开大学在西方经济学的教学和研究上走在了全国高校的前列。这是与魏埙教授的开创之功分不开的。

暮年情怀

魏埙教授今年八十四岁了，谈到将来的打算时，他说，我要完成三件事。一是完成凯恩斯《就业利息和货币通论》一书的翻译。这部书，虽然国内已有两种译本，但由于语言晦涩或翻译得不够准确，影响了人们的阅读和理解。有鉴于此，魏埙教授决定接受"影响世界历史进程的十本书"编委会的邀请，独自担负起了这一重任。他说，这部书的翻译，已接近尾声，可望在今年由陕西人民出版社出版。二是完成《西方经济学著作导读》的写作，为最重要的十本经济学著作写三十万字的导读，以利于人们对西方经济学的学习和研究。三是完成《价值论》的写作。他说，我搞了一辈子《资本论》，研究了一辈子价值问题，在这方面，我有许多与别人不同的认识和理解。而且，在价值问题上，许多人至今还存在着一些不够严密、不够清晰甚至非常混乱的认识，我有责任和义务做这件工作。

在谈到做学问的艰辛与出成果的不易时，魏先生颇有感慨地说，治学如探险，方法不对，思路不对，毅力不够都难以达到较高的境界。正如马克思在给《资本论》法文版第一卷出版者拉沙特尔信中所说的那样:"在科学上没有平坦的大道,只有不畏劳苦沿着陡峭山路攀登的人,才有希望达到光辉的顶点。"

2003 年 3 月 16 日

卅载年华恋"二周"

——张铁荣教授和鲁迅周作人研究

出版界有一条规律，就是大凡学术著作的印数、销量都不是很大，能够印上一版保本就很不容易，再版尤其是多年之后还能再版简直就是奇迹。

南开大学文学院张铁荣教授的几部著作却创造了这样的奇迹：他和张菊香教授合著的《周作人年谱》已出版两次，印数超过5000册，已成为现代文学研究者的必备书；他的两部专著《周作人平议》和《比较文化研究中的鲁迅》均在不长的时间内由出版社再版。

这些，既没有出版社的宣传，也没有媒体的炒作，更没有个人的推销，而完全靠的是著作本身的学术含量，靠的是作者扎实的学术功底，靠的是张铁荣教授三十余年不懈的积累和默默的耕耘。

34年前，张铁荣教授从南开大学中文系毕业后，即留校任教。南开中文系是鲁迅研究的重镇。这一重镇的形成与李何林先生有着直接的关系。李先生是著名的鲁迅研究专家，担任系主任达24年之久，培养了大量鲁迅研究的人才。1976年，李何林先生调任北京鲁迅博物馆馆长并兼任鲁迅研究室主任，在全国招收进修教师。毕业留校不久的张铁荣有幸入选。李先生仔细审读了张铁荣的进修计划，为他开了一份书单，说："要读《鲁迅全集》，只读一遍不行，要针对问题反复读，还要看当时的资料，看别人的研究文章，看了以后要思考。"并嘱咐他"要说自己的话。"

在两年的进修中，张铁荣刻苦研读《鲁迅全集》和相关资料，参加《鲁迅年谱》的讨论，经历了"几条汉子念真经"的磨炼，奠定了扎实的专业基础，同时也使他受到了李何林实证派研究的严格训练，写出了《鲁迅批评了什么样的中医中药》、《鲁迅是怎样批评李四光的》、《〈一件小事〉和同类题材作品》、《鲁迅和周作人新诗比较》等论文。同时，李先生严肃认真、不敷衍、不苟且的做人做事的风范也对他产生了重要的影响。

回到南开后，他在教学之余，和张菊香教授一起承担了编撰《周作人年谱》和《周作人研究资料》的任务。当时，周作人研究还存在着许多禁区，困难重重。他们拿着介绍信、背着卡片纸，上北京、赴绍兴，广泛搜集周作人的资料，在全国率先开始了周作人研究。由于李何林先生的支持，他们得以阅读了周作人日记的手稿，看到了大量的第一手资料，从而为完成两部书稿作了充分的准备。

张铁荣所从事的鲁迅、周作人研究，逐渐引起了海内外的关注，日本信州大学特意向张铁荣发出邀请，经教育部批准，张铁荣于1988年东渡扶桑，开始了长达五年半的异邦讲学生涯。

《周作人平议》的四个版本

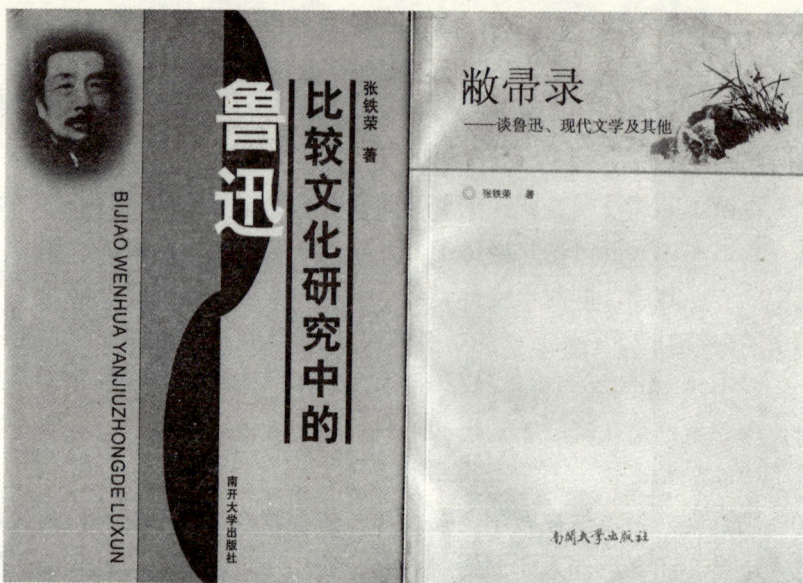

张铁荣教授书影

　　在日本期间，他发现了大量有关周作人的资料，完成了多篇关于周作人的论文，回国后结集为《周作人平议》，舒芜先生欣然为该书作序，称道作者敢于以很大的理论勇气，去探讨周作人的消沉落伍、附逆落水、晚期散文等容易引起"麻烦"的问题。书中的一些见解非常富有创建性，如《关于周作人的贡献与评价问题》、《周作人"语丝时期"之日本观》、《周作人出任伪职经过》等已经成为周作人研究领域具有代表性的论文。

　　从个人感情上来讲，张铁荣更喜欢鲁迅，因为他最初的学术研究就是从鲁迅开始的。三十余年，他笔耕不辍，日积月累，完成了数十篇鲁迅研究的论文，结集为《比较文化视野中的鲁迅》一书。2007年，他应韩国方面邀请，赴岭南大学讲学一年。在韩国期间，他利用韩方提供的便捷条件，继续研究鲁迅与周作人。这些研究成果和一些散篇作品结集为《敝帚录——谈鲁迅、现代文学及其他》一书，2008年8月由南开大学出版社出版，其中的《鲁迅研究点滴》、《〈语丝〉散文论》、《李何林先生学术精神论》等都是颇具功力和颇具见地的作品，读来令人耳目一新，受益匪浅。

张铁荣教授的研究还影响了许多青年学子。他所指导的本科生、研究生论文的选题大都与鲁迅、周作人有关。许多同学正是由于听了他的课，读了他的书，才对鲁迅、周作人产生了浓厚的兴趣，从而确定了自己的研究方向，堪称薪火相传，代代不已。

按理说，取得这样的成绩已经难能可贵了，但张铁荣教授依然非常低调，他总是说自己的研究还不够深入、不够系统，他依然和年轻人一样不断地买书，吸收新的知识。他说，鲁迅和周作人（"二周"）是中国现代文学史上的两座高峰，而且，也是两座富矿，值得为之付出终生的努力。

2010 年 5 月 7 日

来新夏先生赠我《朴庐藏珍》

    去年七月的一天，我到"邃谷"拜访来新夏先生，看到来先生书桌上摊着一摞清样，电脑里有一篇没有写完的文章。我问先生在忙什么，先生告诉我，辽宁的一位年轻人收集了不少名人墨迹，准备出版，请求作序。来先生已九十高龄，依然笔耕不辍，约稿、求序者络绎不绝。我对名人墨迹尤其是书札一向感兴趣，其中有不少难得的史料自不必说，风格多样的书法、形式各异的笺纸就令人着迷。这些年，我搜集的这方面的书不下二百种。来先生说："这里面有不少好东西。"我拿过清样，略微翻了翻，其中有蔡元培、沈雁冰、叶圣陶、钱锺书、冯友兰等人的书信和题字，内容很是丰富。我对先生说，天气太热，您多注意休息。先生回答："没有办法，出版社催得很急。"

    前不久，我又来到"邃谷"，先生赠我一册新出的《古典目录学》。我发现先生书桌旁有一部《朴庐藏珍——近现代文人学者墨迹选》，赵胥编著，中华书局出版。书是精装的，印得很大气。我说："这是您去年作序的那本书吗？"来先生说："是啊，出得还挺快！"我本想借去看几天，但想到先生也许还没有来得及看，就掏出小本子，记下了书名，准备到网上买一本。

不知为什么，网上竟然买不到，我有些失望，心想只好过一段时间找先生去借了，但又怕被别人捷足先登。因为，这几年，找先生借书的不少，有些书往往一去不回。对此，来先生感到很无奈。

8月21日一早，来先生打电话问："运峰，你在天津吗？"我说在，来先生说："那你到我这里来一趟，有本书给你。"我马上收拾一下，再次来到"邃谷"。

来先生指着一本书说，你不是对这本《朴庐藏珍》感兴趣吗？我给你要了一本。我有些喜出望外，连忙向先生道谢。原来，那天我在小本子上记录书名的时候，细心的来先生已看在眼里。我走后，来先生特意给作者赵胥先生打电话，希望能再送一本样书。

《朴庐藏珍》书影

万万没有想到，这本书竟让来先生付出了"血的代价"。

赵胥先生接到来先生的电话后，立即答应下来，恰好，他来天津办事，顺路把书送了过来。来先生听到门铃，急忙更衣，因为动作迟缓，又怕客人等候时间过长，忙乱中脚下滑了一下，身子一斜，头部磕在了电视柜上，流了不少血，所幸吉人天相，没有出大事。我去拿书的时候，还能看到来先生头部的血痂。

这几年，来先生送了我不少书，我也搜集了不少来先生的著作，我把这些书集中在一起保存着，这本《朴庐藏珍》尤为珍贵，我要好好地珍藏、研读，争取有所收获。

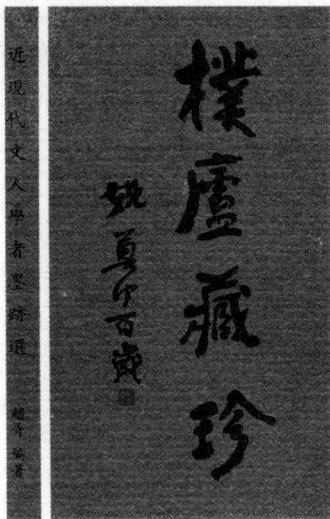

2013年8月31日晨，望湖轩。

师友追忆

悼贵奇

2月7日下午，我接到贾维忠同学的来信，信上告诉我贵奇病逝的消息。我呆立在屋子里，不知所措。贵奇不久于人世，虽然是意料之中，但我仍感到他去世的消息是那样的突然。

放寒假前，我去天津总医院去探望他。他已处于垂危状态，但他还是能够清晰地说出我的名字，并向我微笑。他的脸浮肿得很厉害，几乎睁不开眼睛。当时，他正在接受目前最为先进的治疗手段——肾脏透析。我当时想，先进的治疗方法，也许能够使贵奇的生命延续到开学以后。因而，在我回家之前，就没有再去同他告别。谁能料到，病魔是这样的无情，寒假前的相见，竟成永诀。

对于贵奇的病逝，用什么来形容呢？他忍受绝症的折磨达半年之久，由行动敏捷、健步如飞到病入膏肓，卧床不起，他的身体和心理的痛苦可想而知。他仅差半年就要完成学业，就可以报效家庭和社会，但却过早地去了另一个世界，真让人痛惜。我为贵奇痛惜，还有一层含义，那就是对一个纯洁、善良、正直的人逝去的哀伤。

我和贵奇并非至交，虽然我们算得上半个老乡。贵奇内向，我则外露；贵奇好静，我则爱动；贵奇温和，我则暴躁；贵奇专一，我则泛滥。志趣、性格的不同使我们没有过多的交往。我们没有单独在一起喝过酒，也没有单独聊过天，当然也没有发生过矛盾和冲突。我们彼此尊重，互不干扰，是最为平淡不过的同学关系。

贵奇一向低调，从不在人前显胜。我从别的同学那里听说过，他的高考成绩很高，数学考了119分，只差1分就是满分。他不和任何人发生冲突，总是忍让。他把绝大部分时间和精力用在学习上，功课非常突出。

贵奇沉默寡言，却是多才多艺。他写一手漂亮的钢笔字，毛笔字也能拿得起来，他还能画素描，尽管没有师承，却很有功力。但他却很少示人。有一次系学生会举办书画展览，我负责操办，去找贵奇要作品，他却连连推辞，说自己的东西只是画着玩的，不能登大雅之堂，我好说歹说，他才拿出一幅素描参展，并请求放在最不显眼的地方。

贵奇是一个忠诚的人。无论是对于组织，对于老师，对于同学，还是对于恋人，他都表现出一种君子式的忠诚。他家境不好，体质较弱，长期营养不良。但当组织号召献血的时候，他却毫不犹豫，挺身而出。献血之后，他也不专门休息，而是照常上课、参加班集体的活动。他的女朋友是他高中时的同学，没有考入大学，中专毕业后就参加了工作。贵奇并没有因为对方和自己有了学历上的差距就见异思迁，而是处处为对方着想。他和女友的书信往来很频繁，始终把女友的照片带在身上，这也可以看出贵奇浪漫的一面。为此，同宿舍的同学经常和他开玩笑。他很实在地说，不打算考研究生了，毕业后准备一下，早一点结婚，省得让人家不放心。

贵奇生活节俭。他的父亲长年卧病，母亲年迈没有劳动能力。他是靠哥哥和姐姐的接济攻读大学的。他从来不乱花一分钱，平时买的都是最便宜的饭菜。献血之后，血站给了70元的补助，系里也补助了30元，他没有去买营养品，而是马上写信，告诉哥哥不要再给他寄钱。和其他同学相比，他是贫困生。但他从来不申请困难补助。在他住院期间，每次给他办理的困难补助，他都推辞不要，我们只好硬塞在他的床下。我最后一次去看他，把30元补助款交给他的时候，他已经没有力气推辞了，只说了一句"我不想麻烦大伙儿"，就昏迷过去了。我们几个同学和他的亲人们全都哭了，但谁也没有办法。面对病魔，人是那样的渺小和无力。

贵奇离我们而去了。他将到另一个世界里遨游，高翔，愿他像一只洁白的仙鹤，飞向太空，飞向天宇。

1987 年 2 月 8 日夜

附记：

这是写在一个旧笔记本上的文字，我自己早已经忘记了。最近整理杂物，发现了这篇东西。转眼之间，22 年过去了，崔贵奇同学也渐渐被人们遗忘了。今天整理出来，算是对这位老同学的纪念。

2009 年 7 月 17 日

追思未曾聆教的郑健民老师

我并不认识郑健民老师。郑老师还没有来得及给我们上课，就突发脑溢血溘然长逝了。

那是在南开大学政治学系成立暨 1983 级的开学典礼上，系副主任李晨菜老师很沉痛地对大家说："本来，今天是由郑老师给你们做专业介绍的。可就在 4 天前，郑老师突然得脑溢血去世了。只好由我来代替他给你们介绍一下专业的情况了。"场上的气氛顿时严肃起来。

郑健民老师是南开大学马列主义教学部副主任。在他逝世前不久，被任命为政治学系主任。正当他即将在专业上大显身手时，就过早地告别了人世。去世时还不到 50 岁。

郑老师的家境不太好，孩子还没有自立，搞马列主义教学和研究又很难赚到钱，生活上、事业上负

马列主义
基本理论提要

南开大学出版社

郑健民先生书影

担都很重。他的过早去世也与此有关。据教我们民主党派史的窦爱芝老师讲，郑老师去世后，他的爱人很伤心地哭诉，郑老师生前很想买一件呢子大衣，但因为一直不宽裕，直到去世，也没能穿上。用窦老师的话讲，这些中年教师肚子里全是青菜，过重的负担他们无论如何是承受不起的。

后来，我在南大书店看到一本《马列主义理论复习纲要》，主编是郑健民老师，我尽管不太需要这本书，但还是买了一本，算是对郑老师的一种怀念。

郑老师去世已经 11 年了，他的孩子也该长大了。

1995 年 6 月 18 日

追思于复千先生

3月1日，雨下了一整天。儿子放学回来，拿回了《今晚报》，我照例先看"文化新闻"版，突然，一行黑体字跳了出来："著名画家于复千去世"。我顿时吃了一惊，这怎么可能呢？因为，大约两个月前，在范孙楼一楼大厅里，我还见到于先生，他很高兴地对我说，有一位企业家主动出资，要为他在马蹄湖畔修建一座艺术馆。他说中午就和那位企业家商谈具体的事情。他很热情地说，有时间到他的画室去，好好聊聊。我答应着，目送他快步走出大厅。真没有想到，这竟是我和于先生的最后一面。

初次见到于复千先生，是在 1984 年的冬天。那时，于先生刚调到南开大学任教，我们书法社的几个同学找上门去，请他在业余时间为我们讲书画、篆刻。于先生很热情地接待了我们，满口答应了我们的要求。

第一次授课是在一个星期天的上午。那天，正赶上下雪，我们都有些担心于先生来不了。他当时住在小海地，离南开大学少说也有 15 公里的路。但他还是骑自行车来了，他的身上披着雪花，一点都没有抱怨天气和路途。而是笑着说："刚才路过马蹄湖，看到枯而不衰的荷花，觉得可以入诗，也可以入画。""枯而不衰"，这四个字给我留下了

74

深刻的印象。

那天上午，于先生为我们讲了书画同源的道理，还给我们示范了三张作品，让我们领略了大写意花鸟画的魅力。他边画边讲，用水、用墨、用色真是恰到好处，不一会的工夫，三张作品就完成了。接着，又给我们讲如何题款，如何盖印，怎样才能使题款、用印和画面浑然一体而又不堵塞画面的"气"。这些，都是书本上所学不来的。

此后，我们就经常到于先生的画室去，请他指点，看他作画。他的手很松，往往随手把画送人。因此，很多同学手中都有他的画。书法社、美术社每次搞展览，我们都向他求援，他也每次都满足我们的要求，为我们站脚助威。

毕业前夕，为了给女朋友办理留在天津的手续，我请于先生帮忙画一幅画送给经办的同志。于先生很痛快地答应说："没问题，咱现在就画。你说画什么好？"我说："您随便吧。"当听说对方名字中有"英"字时，就说："画一张鹰怎么样？"我说："太好了！"于先生就略加构思，画了一张《松鹰图》。至今，我还记得这张画的构图，用笔用墨很得李苦禅先生的真传。然后，于先生很工整地题上了对方的名字，说："拿去吧，有需要再来找我。"

毕业之后，就很少见到于先生。去年我回到母校工作，在范孙楼里碰过几次面，也只是上前打个招呼。我很想去他的画室拜访他，但因忙于教学和一些事务性的工作，一直没有腾出时间来。而且也一直这样想：在学校里，向于先生请教的机会有很多，不是着急的事。但，一切都晚了，这样的机会再也不会有了。

谨以这篇小文，作为对于先生的思念，愿于先生走好，安息。

2007 年 3 月 3 日

和吴大任先生的一面缘

　　我很小就知道吴大任先生的名字。大约是在我十岁的时候，在姨母家用来糊墙的旧报纸上，我看到上面有揪出南开大学修正主义教育路线代表人物吴大任的报道。那时，虽然不懂得什么是修正主义，但却知道那不是一个好字眼。修正主义代表自然也不是好人。

　　没想到，时隔二十多年，在一个偶然的机会，我竟然见到了吴大任先生。一天下午，我到天津医科大学总医院的高干病房去探望天津财经大学的王亘坚教授。在同一病房中，有一位老者，端坐在书桌前写东西。他好像没有发现我的到来，依然头也不抬地写着。王亘坚教授对我说，这位是吴大任教授，是你们原来的老校长，他耳朵不行了，基本听不到人说话，也不和人打招呼。这也难怪我在和王教授聊天时他始终不抬头、不说话。我细细观察这位老者——我们的老校长，在"文革"时期被打成修正主义教育路线代表人物的吴大任先生。他已完全谢顶了，面色红润，慈祥的眉宇间透着一种坚毅。王教授说，他正在写回忆录，除了接受治疗，就是不停地写。我说，其实可以找一个助手帮忙啊。王教授马上变得激动起来，说："还助手呢！我现在还在生气。"我忙问怎么回事，王教授讲了一件让人感到很气愤的事。原来，美籍物理学家杨振宁教授应邀来南开讲学，因为他和吴先生有师生之

76

谊，就提出要拜见吴先生。学校来电话说有车来接，吴先生和他的夫人就在医院的病房里等候，可是左等不来，右等不来，给学校车队打电话，也没有人接听。两位老人怕让客人久等，只好相互搀扶着下楼，到马路上坐 8 路公交车回南开大学。当时正值下班高峰，车一到站，人们便蜂拥而上，互不相让，两位老人根本上不去车。那时，出租车远没有现在这样普及。两位老人没有任何办法，只好走了两站地，才在一个人比较少的站上了车。原来，车队负责接吴先生的司机那天和队长闹别扭，赌气不出车，不接电话。王教授很生气，要找校长反映这件事，替吴先生出气，但被吴先生阻止了。吴先生一向宽厚，经历过太多的磨难。他大概觉得，这件事实在是太小了，他也不愿意为这件事让那个司机去受处分。

我听了王教授的讲述，也感到很难过。当两个老人颤颤巍巍地相互搀扶着走向公交车站的时候，有谁知道，这就是当年的"吴氏三杰"[①]之一，著名的数学家，诺贝尔物理学奖获得者杨振宁教授的前辈。又有谁会想到，一个车队的司机，竟可以置一位著名教授、前任副校长的安危于不顾，闹情绪，发脾气，而且不会受到任何的处分。人心如此，世道如此，还有什么可说呢？

我和吴大任先生只见过这一面，虽然没有听他讲一句话，但他那慈祥眉宇间透出的一种坚毅神情却给我留下了深刻的印象。

2009 年 7 月 21 日写，2010 年 11 月 14 日修改

[①] 吴大任先生和他的同族兄弟吴大猷、吴大业在同一年以优异成绩考入南开大学，人称"吴氏三杰"。

怀念郭定达老师

　　每当经过白堤路，看到龙兴里路口的信号灯，就会想到郭定达老师。因为，这是郭老师用鲜血和生命换来的。

　　郭定达老师早年毕业于北京师范大学，长期担任领导的秘书。后来转入教师系列，教我们政治经济学。政治经济学的教材多如牛毛，而且形成了一个固定的教学模式，要想在教学、科研上取得突破，是一件非常不容易的事情。因此，很多政治经济学的老师都改了行，至少，是一边教课，一边搞部门经济学或是西方经济学。也许，正是由于政治经济学的老师出现了短缺，郭老师才得以转到教师系列。

　　郭老师白白净净，戴一副秀郎镜，非常斯文。他的穿着很整齐，上课总是穿一身干净、平整的藏蓝色制服，头发一丝不乱，脸刮得很光滑，只是走路有些驼背，这大概与他个高有关。

　　在大学里，政治经济学的课非常不好讲，很难发挥，更难出新，对于半路出家的郭老师来说，则是难上加难，但这似乎并没有难住郭老师。他一上来，就不是按照教材照本宣科地讲授，而是把这门学科的各种定义、原理、关系、过程统统用图表来表示，这样既直观，又令人耳目一新。郭老师上课从来不拿课本，也不拿讲义，而是带着一沓卡片，上面是他自己设计的各种各样的图表。政治经济学中当然有

78

一些图表，但完全用图表的方式概括一门学科，恐怕还没有第二人。

郭老师讲课虽说不上生动，但他很认真，他声音洪亮，板书清楚美观，总是面带笑容，从来不发脾气，自然，他的两颗比较突出的门牙也总是暴露出来。有时，我们会发现，郭老师会陶醉在他所设计、发明的图表之中，非常得意。

郭老师很希望我们对他设计的图表提出疑问，以便进一步完善。一天晚上，喜欢动脑筋的张嵩同学突然觉得郭老师的一个计算过程存在问题，就去郭老师家讨论。他回来后说："郭老师的数学倍儿棒，他不用看我的推导过程就知道我的意思了，结果还是我错了。"从此，我们对郭老师就更加尊重了。

为了让我们体验社会化大生产过程，郭老师特意联系了天津造船厂和天津新港，带领我们去参观。大家非常兴奋，很多同学都是第一次见到大型的机器设备和机械化生产的场景。

郭老师只给我们上过一个学期的课，这门课结束后，我们就很少见到他了。

过了几年，我回母校办事，见到书店里有一本《图解政治经济学原理》，是由南开大学出版社出版的，拿起来一看，著者正是郭定达老师，看到郭老师的名字，我感到很亲切，同时也觉得郭老师真是了不起，终于独辟蹊径，走出了一条新路。

学校调整住房，郭老师搬到了新建成的龙兴里小区，那里环境不错，只是紧邻白堤路，本来，那条路比较僻静，但随着城市改造步伐的加快，那条路逐渐成了交通要道，车辆越来越多，很是危险，尤其是对于腿脚不大灵便的老年人。很多老师都建议在路口安装信号灯，学校也在积极和有关部门协商，但有

郭定达老师书影

关部门就是置若罔闻，长期不予理睬。有一天傍晚，郭老师买菜回来，在过马路的时候，一辆满载啤酒的小货车飞驰而来……郭老师就这样被夺去了生命，还不到 70 岁。

郭老师的死终于让有关部门重视了起来，很快，那个路口就安上了信号灯。

但愿，这样的悲剧永远不会重演。

2009 年 7 月 31 日

纪念张凌志老师

今天是张凌志老师火化的日子，我由于参加研究生考试的阅卷工作，不能送张老师最后一程，只能写下这篇小文，算作一个不成敬意的纪念。

在我们的印象中，张老师的身体一向很好，他身材瘦削，行动利落，带着一种"寿者相"。南开大学 90 周年校庆期间，在教育部工作的刘大为兄见到张老师很健康，非常高兴地说："张老师的精气神很好，到一百岁没有问题！"谁能想到，他竟在突发心脏病后 12 小时，就永远离开了这个世界。

最初见到张凌志老师，是在政治学系八三级本科生的开学典礼上，那时，张老师刚从和平区委宣传部长的岗位上退下来，受命到南开大学参与筹建政治学系并任党总支书记。张老师身着白衬衣、灰裤子，脚上是一双黑色皮凉鞋，给人以整洁、利落、精神的印象。张老师讲话声音不高，语速缓慢，总爱打一些手势。虽然不太吸引人，但条理清楚，重点突出。

张老师的本职工作是党总支书记，但却承担了许多行政和教学工作。那时的政治学系，一无师资，二无教材，三无办学经验。尽管在新中国成立初期，南开曾设有政治学系，拥有王赣愚、杨敬年等名师，但随着政治学被砍掉，这些先生都纷纷改了行。等到这一学科在1983年得以恢复，老先生们一是年事已高，二是心有余悸，都不愿意重操旧业。为了尽快把这个新系建立起来，张老师多次走访北京大学、复旦大学的有关教授，和几位老师一道，制定了切实可行的教学计划，开设了主要课程。同时，张老师还四处奔走，与有关部门协调，广揽人才。李晨棻老师、朱英瑞老师、王世铮老师、杨文蓉老师、曹杰老师、蔡拓老师等教学骨干，朱光磊老师、沈亚平老师、杨龙老师、葛荃老师、王骚老师、谭蓉老师、武东生老师等青年才俊陆续加盟政治学系。时隔不久，车铭洲教授任政治学系主任，政治学系在短短几年内站稳了脚跟，并逐渐在全国有了一定的地位和影响。这些，都有着张老师的许多心血。在校园里，我们经常看到张老师骑着自行车，来往于学校各部门，为政治学系争取一席之地。

张老师长期从事党务工作，有着丰富的阅历和经验，但他丝毫没有官架子。他时常到我们宿舍和我们一起聊天，了解我们的学习、生活、思想情况。我们那时年轻气盛，不知天高地厚，有时表现得很不礼貌，但张老师从来不批评我们，而是心平气和地同我们讨论。有一次，几位同学提出团支部、班委会实行竞选，这在当时还属于新生事物，有些不合时宜，有的老师怕引起不良后果，主张"压"下去，但张老师还是同意大家试一试，表示要尊重同学们的选择，这足以说明张老师的开明和宽容。

张老师有一个幸福的家庭。师母很贤惠，对张老师很是体贴。在一个冬天的上午，我们去张老师家，室内温暖如春，张老师端坐在客厅的桌子前写讲义，旁边放着一个师母削好的鸭梨，令我们好生羡慕，因为在那个时候，有这种生活条件的老师并不多。

毕业后的每次同学聚会，我们都会把张老师请来。张老师每次在讲话中都表达同一个意思：当时的办学条件太差了，有些课没有开出来，有些课开得太仓促，甚至连同学们外出的实习经费都用在了系里的基本建设上，因此很对不起同学们。有一次，张老师颇为动容地说："政治学系的发展，你们八三级同学是做出过牺牲，做出过贡献的！"张老师的话让我们很受感动。其实，我们谁也没有抱怨过，因为那时的政治学系太艰难了。有一年春节前，创收较多的部门都在成百上千地给老师们发奖金，但政治学系却发不出一分钱，校领导实在看不过去，特意从学校的福利费中给每位老师发了三十元奖金并要求保密。有一天晚上，我们去一位老师家串门，看到老师全家吃的竟是咸饭（在粥里放入少许酱油），但老师们依然在尽职尽责地从事着教学和科研工作，我们又怎能抱怨呢？

张老师退休后，并没有闲下来，而是热心于天津市政治学会、全球问题研究所的工作，还曾一度在专家学者和企业家之间牵线搭桥，促成了很多活动。

我总觉得，张老师并没有走，我的眼前，依然浮动着一个和蔼可亲而又沉稳坚定的形象。

2010 年 1 月 25 日

记赵半知先生

　　刚才翻阅一本书画拍卖目录，看到了赵半知先生的一幅书法。

　　而今，在中青年中，知道赵半知先生的已经不多了。他生前曾经显赫了一段时间，但死后却逐渐寂寞和冷落。

　　有一段时间，赵半知先生很是有名。很多书法展览上都有他的作品，天津的一些牌匾也是他题写的。记得有一次天津搞图书展销，和平路上竖起了很多展牌，上面是赵先生写的"书展"两个大字，很是醒目。

　　但赵半知先生自己却很低调。

　　他是新华书店百货大楼门市部的一名美工，设计书写展牌是他的工作，他从不张扬。

　　大约是在 1985 年的春天，我和金融系的仇国明同学来到赵先生的单位，请他来南开大学为书法社的同学们搞一次讲座。赵先生身材不高，面容清癯，头发花白，留着很长的胡子，既有一种老夫子的气质，也有一种艺术家的派头。

　　他不苟言笑，听我们说明来意，说："讲座不行，我不善于讲话。"我说："那您就表演吧！"赵先生马上说："表演可以，表演可以。"现在回想起来，用"表演"这两个字很不礼貌，但赵先生却毫不介意，反而有些为摆脱讲座而高兴。

那是一个星期天的上午，为了避免冷场，我们还邀请了另一位书法家范润华先生。

或许是海报张贴得不太明显，大教室里只来了十几个同学。我们有些着急。仇国明同学灵机一动，跑到大阶梯教室，在黑板上写道："当代郑板桥——赵半知先生书法讲座"，并注明了地点。这一招还真起作用，马上就站起来一大批人，直奔讲座的教室，很快就围了个里三层外三层。

那天，主要是范润华先生一个人在讲。范先生诙谐幽默，口若悬河，大家听得很过瘾。范先生对赵先生很尊重，特别介绍了赵先生的书法风格和艺术成就。赵先生在一旁只是听着，基本没有插话。

范先生讲完，就进入到"表演"阶段。赵先生好像一下子来了精神，他铺毫濡墨，笔走龙蛇，片刻之间，一幅作品就完成了，我们把赵先生的书法挂起来，顿时满室生辉，令人啧啧称奇。

两位先生那天的兴致也非常好。那时，书法还没有沾染上现在这样的铜臭气，两位先生也不计较报酬，写了一幅又一幅。赵先生以行草为主，范先生则以楷书为主，让大家大开眼界，大饱眼福。一位喜爱书法的校领导也闻讯赶来观摩两位先生的书法作品。

不知不觉到中午了，我们既为讲座的成功高兴，也有些为难，因为，按照学校的规定，我们只能给每位先生4元的报酬，是不能留饭的。所以，讲座都是在11点前结束。但午饭时间已到，两位先生又太辛苦，我们实在不忍心就这样让两位先生回去。我们几个"骨干"嘀咕了一下，大家推举我去请示校领导。我硬着头皮，小声对校领导说，能不能留两位先生吃完饭再走。校领导犹豫了一下，说，可以，回头你们写个情况。

我们真有些激动，大家也夸我有勇气，会说话。我们簇拥着两位先生来到学二食堂。师傅们很热情，特意给炒了几个菜，还上了几瓶啤酒。两位先生很高兴，我们也借此打了一次牙祭。那顿饭，花了12元5角。

饭后，我们给食堂先打了个欠条，又写了一份报告给学校的财务处，我记得财务处负责人的批示是："既然校领导同意了，就报销吧。"

二十多年过去了，两位先生写的那些作品印象已经很模糊了，只记得赵先生写了一个条幅，内容是郑板桥的一首题画诗："爱看古庙破苔痕，惯写荒崖乱树根，画到情神飘没处，更无真相有真魂。"字的结体、布局颇有些郑板桥的味道。

过了几年，突然听到赵先生去世的消息，好像还不到 70 岁。有人说：赵先生过早去世，和他的名字有关，"半知"和"半至"谐音，似乎不太吉利。

这种说法当然没有道理，但也说明，人们不希望赵先生过早地离开。

2010 年 8 月 28 日

儒雅而认真的长者

——忆魏埙教授

　　今天整理书架，翻出了一本《就业利息和货币通论》，看扉页上的题记，是在 2007 年 4 月 11 日买的，译者是魏埙教授。由此也想起了和魏埙教授交往的一段往事。

　　2004 年 10 月，我从英国回来，正在南开大学经济学系攻读博士的侄子刘宪来家中看我。闲谈中提到身体的重要，我说："你看你们系的魏埙先生，80 多岁了还在工作。"刘宪马上说："魏先生不久前去世了。"我大吃一惊，因为在我的印象中，魏先生身体很好，怎么会突然去世呢？据刘宪说，魏先生是因为平时过于劳累，导致心脏病猝发，没有来得及抢救。

　　在大学一年级的政治经济学课上，老师在提及马克思的《资本论》时说，国内研究《资本论》的权威有两位，一位是福建师范大学的陈征教授，另一位就是南开大学的魏埙教授。但由于所学专业的限制，我一直无缘向魏先生求教。

　　时隔多年之后，我在一家机关办杂志，在讨论改版的时候，我建议增设一个"经济学人"的栏目，就是采用深度访谈的方式，介绍国内健在的经济学家的人生道路和学术成就，大家一致同意。自然，组织、采写的主要任务也就落在了我的肩上。

在这个栏目中，我们采访过王亘坚教授，采访过杨敬年教授，采访过谷书堂教授，采访的第四位经济学家便是魏埙教授。

2003年1月的一天上午，我和一位同事来到龙兴里魏先生的家。印象最为深刻的，并不是满架的图书和盈案的文稿，而是窗台下的那张硬木条案。现在，有条案的家庭不是很多了，但在过去，却是文人书斋的必备用品。它是用来写字、画画和鉴赏书画用的。魏先生说，他的父亲写一手好字，远近闻名。他从小就为父亲磨墨抻纸，耳濡目染之下也爱上了写字，而且坚持了大半生。这几年，求字的人越来越多，以至于"债台高筑"，不堪重负。写字，几乎成了功课。果真，条案上文房四宝一应俱全，看得出，魏先生经常挥毫。魏先生客厅墙上挂着一个镜框，里面镶着他的一幅书法作品，内容是王安石《游褒禅山记》里的句子："世之奇伟瑰怪非常之观，常在于险远，而人之所罕至焉，故非有志者不能至也。"用笔浑厚苍劲，布局疏密有致，体现了魏先生书法上的功力和造诣。这也让我们感到，魏先生身上除了通常的学者风范外，还多了几分儒雅。

魏先生很健谈，但不苟言笑，说到激动处，他往往加上很有力的手势，说："那怎么行？""那不像话！"那年，他已是84岁高龄，却依然思路敏捷。在谈到马歇尔、凯恩斯、弗里德曼等西方经济学家时，娓娓道来，如数家珍。在详细介绍了他的求学经历和治学道路以及学术主张后，他说，在晚年要做三件事，第一件事就是完成凯恩斯《就业利息和货币通论》的翻译。我们说，这本书好像已经有了两个译本。魏先生说："这两个译本都不太理想，一个译本是早年出版的，语言古奥晦涩，一般人都读不懂；新出的一个译本虽然做到了通俗，却有许多译得不太准确的地方，容易造成误解。"他有些困惑地说："按理说，这位先生不至于译成这个样子呀，很可能是没有下功夫，或者是请他人代劳。"正因为不满意这两个译本，魏先生才接受了"影响世界历史进程的十本书"编委会的邀请，独自担负起了这个重任。他说，这部书的翻译大部分已经完成，基本接近尾声了，有望在明年出版。魏先生还说，等出版后你们过来，每人送你们一本。我们先对魏先生表示感谢，说："到时您可要签名题字呀！"魏先生说："那当然。"我还有一个没有说出来的愿望，就是借机向魏先生求一幅墨宝。

魏先生还说，他准备做的第二件事就是写一本《西方经济学著作导读》，选取 10 本最重要的经济学著作，每一本要写三万字的导读，为人们学习和研究西方经济学提供帮助，尤其是让年轻人少走一些弯路。"那么第三件呢？"我们有些迫不及待地问道。"那就是完成《价值论》的写作。"魏先生很严肃地说。"我搞了一辈子《资本论》，研究了一辈子价值问题，有许多和别人不同的观点和认

《就业利息和货币通论》书影

识，有必要说清楚。另外，在价值问题上，许多人至今还存在着不够严密、不够清晰甚至非常混乱的认识，我有责任和义务做澄清和解释的工作。"魏先生说完，又有些感叹："时间太紧迫了，哪一件都需要做，可是，时间就这么多，想起来就着急。"我们劝他慢慢来，要保重身体。和魏先生道别的时候，我忽然感到，他书写的王安石的那几句话，又何尝不是魏先生的人生写照呢？

访谈稿很快就写出来了，我们寄给魏先生征求意见。魏先生很快把稿子寄回，上面有许多用铅笔改过的痕迹，魏先生改得很仔细，字迹工整，一丝不苟，既补充了稿件的不足，也纠正了一些差错。

本来，我们答应稿子发出来后，把杂志送到魏先生家中，但恰在这个时候，"非典"爆发了。那时，我正在参加出国前的外语培训，只好委托那位同事把杂志寄给魏先生。从此，也就没有再和魏先生联系。想不到，就在我出国期间，魏先生竟然在 2004 年 8 月 4 日凌晨去世了。

尽管我的职业和专业离经济学越来越远了，但看到魏先生翻译的这本《就业利息和货币通论》，还是买了下来，遗憾的是，不能请魏先生签名了。我只能把这本书珍藏起来，作为对魏先生的一个纪念。

2010 年 11 月 14 日

一道风景的消失

——纪念朱一玄先生

　　百岁老人朱一玄先生的离去，意味着南开园一道风景的消失。

　　这绝对是南开园的一道风景：几乎是每天上午 10 点钟的时候，一辆轮椅从北村 6 号楼缓缓推出，走上北辰路，到大中路右拐，沿着马蹄湖畔的小路一直到图书馆前的新开湖边上。轮椅上，端坐着一位老者，他表情平静，神态安详，目光祥和，静静地望着新开湖水，若有所思。他的身边，匆匆走过的是年轻活泼的学子。对于眼前的这道风景，他们可能并不留意，因此很少有人走上前去和这位老者打个招呼或是说些什么。

　　遗憾的是，这道风景永远地消失了。

　　轮椅上的老者，是文学院中文系的朱一玄先生。

　　很多人对于朱先生并不熟悉。因为，老人寂寞了一辈子，也忍耐了一辈子。他从来都是低调的，都是被边缘化的。他的学问不是显学，只有"圈内人"才知道一二。他的头上也没有什么光环，平生最大的官职就是系主任李何林教授的助理，但随着被打成"右派"，这个"官职"也丢掉了。等到他获得平反，可以堂而皇之地做学问施展才能的时候，他又到了退休的年龄。

　　可以说，他生不逢时。人生，就是这样的不可思议；命运，就是

90

这样的扑朔迷离。

但是，他所做的许多工作并不是人人都可以达到的，在我的藏书中，有这样一些著作：《红楼梦人物谱（修订版）》、《中国古典小说大辞典》、《中国小说史料学研究散论》《、今世说注》、《古典小说版本资料选编（上下）》、《红楼梦资料汇编》、《西游记资料汇编》、《金瓶梅资料汇编》、《聊斋志异资料汇编》、《儒林外史资料汇编》、《水浒传资料汇编》、《三国演义资料汇编》、《明清小说资料选编（上下）》。

这些著作大部分都是朱先生凭借一人之力完成的，而且，是在没有先进的网络条件下，一笔一画书写而成的。当然，朱先生的著作还不止这些，我还没有收集齐全。尽管如此，这些著作加起来，也已超过了一千万字。真正是著作等身！

最初见到朱一玄先生，是在 2002 年 8 月 28 日的下午。那天，我陪同鲁迅研究专家和水浒传研究专家马蹄疾先生的遗孀薛贵岚女士前去拜访朱一玄先生。事前打电话联系，朱先生重听，我费了很大的力气才讲清楚。房门打开，出现在我们面前的是一位驼背、身着汗衫、脚着布鞋的老人，这便是朱一玄先生。他很热情地和我们握手，操着浓重的山东口音让我们就坐。因为我是生客，朱先生拿出一个本子让我写下姓名、单位和电话。这个本子很破旧，有的粘了好几层，这便是朱先生的通讯录。

薛贵岚女士是专程从沈阳来天津看望朱一玄先生的。朱先生很高兴，特地拿出刚刚出版的《金瓶梅资料汇编》的样书送给我们。在给我的书上题写道：“运峰同志指正 朱一玄敬赠 二〇〇二年八月廿八日”，并加盖了一方白文的名章。接过赠书，我非常激动，但看到题字，又愧不敢当，我小朱先生 51 岁，朱先生如此客气，真让我不好接受。

但更不好接受并感到惭愧的还在后面。

2003 年新年前夕，我收到了一张贺年片，寄贺年片的正是朱先生。我真是受宠若惊，深感惭愧。朱先生显然是按照我上次留的地址给我这个一无所成的晚辈寄来了贺年片。我赶忙给朱先生写了一封信并寄上了贺卡。说实话，要不是接到朱先生的贺卡，我是想不到主动给朱先生贺年的。可见朱先生为人的谦和对晚辈的关爱。

主动给亲朋故旧寄贺卡，是朱先生多年的习惯。每逢新年到来之际，朱先生就会按照通讯录上的地址送去自己的祝福。他对我说过，每年发出的第一张贺卡是给北京大学季羡林教授的。季羡林早年在清华大学毕业后，到济南一中教书，朱先生是班上的学生。尽管朱先生只比老师小一岁，但几十年来一直对老师执弟子礼。

2003年的春天，我来学校办事，在大中路上见到朱先生，我上前打招呼，朱先生握着我的手说："你的文章写得好啊！"我有些惊讶。原来，我闲来无事，写了一篇关于《三国演义》开篇词作者杨慎（升庵）的小文章，发表在《今晚报》上。朱先生说，最近，南开大学出版社准备再版《三国演义资料汇编》，责任编辑打来电话，问是否收录这篇文章，因为编辑体例的限制，就没有收入。一篇"小豆腐块儿"也引起朱先生的关注，让我非常感动，也很受鼓舞。

2007年夏天，我家搬到了南开大学北村，和朱先生离得很近。大概是中秋节前后的一个星期天，我和太太、儿子在校园里拍照。在新开湖边上遇到了朱先生，我们趋前问候，朱先生和我们交谈了一会儿，突然对保姆一挥手说："回家！"保姆对我们说："朱先生请你们到家里坐坐。"于是，我们来到了朱先生的家。

朱先生那天兴致很高，说了很多话。说到高兴处，会不自觉地抬高双脚，在地上跺一下。我问朱先生："您只比季羡林先生小一岁，怎么会是他的学生呢？"朱先生笑着说："我从小读的是私塾，直到18岁的时候，才开始学习数理化。考中学的时候，我对这些一窍不通，老师感到很奇怪，说你怎么一点儿也不会。我说，不仅我不会，孔夫子也不会，我就是读他的书长大的。"因此，朱先生二十多岁的时候，才开始读高中，恰好和季羡林有师生之谊。

我们聊了一会儿，朱先生打开一个小柜子，拿出好几本著作，一一给我们签名。然后，又亲自盖印。我们如获至宝。儿子在中学时，就非常喜欢读《红楼梦》，因此也收集了不少《红楼梦》的版本和相关资料，其中就包括朱先生的《红楼梦人物谱》的修订版。他小声问我，可不可以请朱爷爷在书上签个名，我说，你去拿书吧。他飞跑着回家，把朱先生的那本著作拿过来，朱先生很慈爱地笑着，称他为"小友"，为他题字、签名、盖章。

作者与朱一玄先生合影

朱先生95岁生日前夕，我在大红撒金宣上写了一个很大的"寿"字前去为朱先生祝寿，朱先生高兴地拿出五张新写的毛笔字送给我，内容都是毛泽东的《七律·长征》，这些字，均写在一尺宽、二尺长的宣纸上，几乎没有留白。每个字都是横平竖直，点画分明，正如朱先生的治学和为人，严肃认真，一丝不苟。我发现，朱先生在书法作品上使用的印章依然是赠书时的那枚白文印，印泥也很不讲究，就是文具店里出售的那种普通印泥。朱先生的自奉节俭和寒士本色由此可见一斑。

早些日子，我在孔夫子旧书网上买到了朱先生的《古典小说版本资料选编》（上下），想着找机会请朱先生签名题字，万万没有想到，朱先生却在2011年10月16日10时30分突然走了，这也成了我永久的遗憾。

朱先生离开了这个世界，但他的著作却不会由于他的离去而湮没，这些著作将继续嘉惠后学，享誉士林。他虽然寂寞一生，但我总觉得，他比那些动辄以大师自命，以巨匠自期，以重镇自居的人更有力量，更有尊严，也更有本事。他必将作为学界的一道永恒的风景，常驻人间。

2011年11月6日

关于李鹤年先生的随想

今年是李鹤年先生的百年诞辰。看到李先生的书法展览，阅读李先生的书法论著，感到有许多话要说。

少不更事，很长一段时间，对于李鹤年先生的书法并不太理解，也不太欣赏，以为太"甜"，太"美"，缺少一种雄浑之气，缺少一种阳刚之美。

实际上，这是一种太肤浅、太幼稚也太片面的认识。

李先生的书法，固然没有大江东去般的波澜壮阔，没有力拔山岳的英雄气概，但是，李先生书法中的那种温和，那种从容，那种内敛，那种雅致，那种高贵之气、精到之美，恰恰又不是人人所能达到的。记得在南开大学读书期间，书法社经常会举办一些讲座，李先生给了我们热情的鼓励和支持。他每次来学校讲座，都要穿戴整齐，将南开大学红底白字的教师校徽（李先生是南开大学的兼职教授）别在胸前，将讲义、文具一一装进提包，然后步履稳健地与我们一起下楼。有一次恰逢一户人家的女儿出嫁，李先生主动停下来，面带微笑，等着迎亲的车辆开走。

李先生讲课，声音洪亮，底气很足，但语速很慢，吐字清楚，表述准确。他的一举一动，一言一行，都是那样的一丝不苟，那样的按部就班，绝对没有丝毫的随意与草率。这些，是他的生活态度；也是他的创作态度；是他的人生品格，也是他的艺术风格。

在我的印象中，李先生很少当众挥毫。即使在不得不写的笔会上，他也是反复考虑布局，不紧不慢地在纸上叠好暗格，然后一笔不苟、从容不迫地进行创作，往往，别的先生已经搁笔坐在沙发上聊天喝茶了，李先生仍在画案前不紧不慢地书写，绝不会大笔一挥，顷刻立就。自然，最后一位"交卷"的，非李先生莫属。有一次听李先生的高足邓英彪兄谈到，李先生所使用的毛笔，都是请人把几只新笔拆开，从中选出最好的锋毫，然后重新做一只新笔，每当写完字，都要亲自洗净、擦干，因此，李先生的毛笔都非常好用，而且耐久。正因为如此，李先生书法中的点画，才是那样的平直、匀称、整齐，毫无支离破碎、乱头粗服之感。即便连钤印这样的琐事，李先生也要亲自动手，事先用印规确定好位置，保证不歪不斜，印色深浅一致。这在常人看来，也许过于繁琐，过于拘谨，但在李先生看来，写字是很严肃的事情，需要平心静气，需要排除一切干扰。在他的心目中，书法绝非壮夫不为的雕虫小技，而是一种近乎神圣的艺术创作，来不得半点虚假和马虎。李先生面世的作品，虽不能称件件精品，但可以肯定地说，这些作品没有一件次品，更没有一件废品。

就继承和创新而言，李先生书法中继承的成分无疑多于创新，他对于商周的甲骨、金文，秦汉的诏版、权量文字以及李斯、李阳冰、邓石如的篆书下过很深的功夫，他临写的许多作品都达到了足以乱真的程度。可以说，李先生在篆隶方面的成就，足以和清代以篆隶见长的吴让之、赵之谦、邓石如、郑簠、徐三庚等相比肩，甚或过之。实际上，

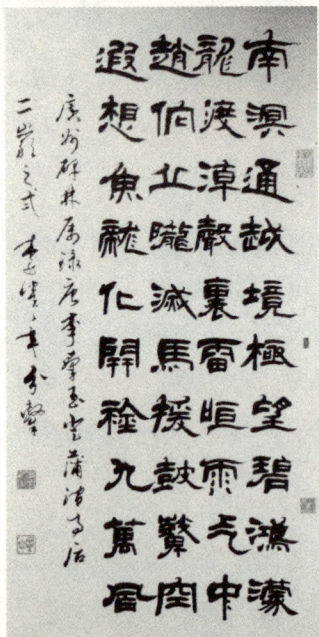

李鹤年先生隶书

96

平到极致即险绝，"旧"到极致即创新。今天重温李先生的书法，并没有食古不化、不脱古人窠臼的古板，而是具有浓郁的时代气息，仿佛一股清新和煦的春风，扑面而来，让人感到神清气爽，心旷神怡。这是李先生的成功，也是中国书法永恒的魅力所在。李先生书法中所体现的，是一种东方民族的自尊和自信，是一种中华文化的博大和精深。

在仰慕李先生书法成就的同时，也不免产生这样的疑惑，李先生以他对传统的敬畏、尊重和深刻理解，加上他长年累月的不懈努力，已经取得了无愧于前人的成就，作为后来人，我们还具备这样的能力吗？我们还能像李先生那样，达到与前人相比肩的程度吗？未来的中国书法史，会是什么样子呢？我们的后人，又会如何评价我们今天的书法成就呢？我回答不出。但是，从李先生的书法实践和书法成就中，大概能够获得一些启示。

2012 年 4 月 10 日

母国光校长二三事

　　2012 年 4 月 12 日，南开大学原校长、中国科学院院士、著名光学家母国光教授永远离开了他所挚爱的南开园，享年 81 岁。

　　我对母校长所从事的光学研究一窍不通，但由于他是我读书时的校长，我在很多场合都见过他，我的毕业证上，签的就是母校长的名字。

　　在我的印象中，母校长总是不苟言笑，他表情严肃，样子有些"凶"，也有些木讷。他似乎也不善言辞，开会时也很少讲话，只是端坐在那里。

　　我上学的时候，住在西南村十三宿舍，母校长家也住在西南村，因此时常在小马路上见到他。他骑一辆旧自行车，速度不快，好像总是在思考问题，很少和人打招呼。我们虽然知道他是校长，但都有些"怕"他，因此见到他也装作不认识，从来不和他打招呼。一天中午，一位同学从三食堂买完饭，一手骑车，一手端着饭盒，回到宿舍去吃，恰好，母校长下班后回家，这位同学骑得很快，在拐弯时不小心蹭了母校长一下，母校长吃了一惊，从自行车上跳了下来。那位同学也赶紧跳下来，很是紧张地对母校长连说"对不起"，母校长有些生气，看看那位同学，说："没事，快回去吃饭吧！别骑那么快。"这也可见母校长表面严肃，但内心是宽厚的。

一天晚上，学校的小礼堂内举办一个大型的学生活动，母校长应邀在主席台上讲话。讲话中间，王大璥副校长慢悠悠地走了进来，母校长中断自己的讲话，对同学们说："王校长来了。"然后和大家一起鼓掌表示欢迎，王大璥副校长向大家招招手，就在前排坐下了。这件事给我留下了很深的印象。从这件小事中，可以看出母校长对他人的尊重和待人的谦和与周到。这是一种谦谦君子的古风，而今几成绝响，因此尤其显得可贵。

母校长从校长的职位上退下来后，曾长期担任校学位委员会主席。对于学位上的事情，他把关很严，丝毫不通融。有一位官员申请博士学位，因为没有通过学校规定的外语水平考试，提出以在国外发表过的论文代替，母校长坚决不同意，说，他既然能在国外发表论文，为什么通不过外语考试，我们可以当场对他进行测试。那位官员当然不敢来，因此就没有如期获得学位。这也可见母校长在原则问题上决不让步。也正是由于有许多像母校长这样的先生的把关，才保证了南开学位的质量和声誉。

母校长虽然离开了我们，但他的道德风范将永远被南开人怀念。

2012 年 5 月 15 日

怀念王世铮老师

前些日子，在新开湖边遇到散步的尹一耕老师，聊天中顺便问起王世铮老师的情况，尹老师说：王老师已经去世好多年了。我不禁黯然。自从回到学校任教后，就不时打听王老师的下落，但都莫知其详，现在终于得到了确切的消息。

王世铮老师是教我们政治学概论的老师，我们最初的一点政治学知识就是从王老师那里学来的。

20 世纪 80 年代初期，法学、政治学、社会学恢复重建，南开大学成立了政治学系，但师资匮乏。王老师早年毕业于北京大学政治学系，于是从哲学系调过来专门讲政治学概论课。

由于政治学停顿了许多年，很多人还心有余悸。王老师长年没有从事政治学的研究，又加之参考资料极少，因此讲起课来难度很大。看得出，王老师很谨慎，基本按照当时由赵宝煦教授主编的《政治学概论》来讲。王老师发给我们一份油印的教学大纲，除了增加了一章"政策论"外，基本没有新的内容。这让同学们多少有些失望，好在那时也没有更多的选择，大家还是很认真地学习这门课。

王老师讲课声音浑厚而略带颤音，他的俄语、英语基础不错，有时会不经意地说出几个英文单词，很引人注意。但他的教学效果并不是很好，有些死板，也有些沉闷。他很谨慎，在课堂上基本不触及现实问题，更不会抨击时弊。

这与王老师的经历有关。

王老师在"文革"中受过很大的冲击。他的爱人在"文革"中跳楼自杀，王老师家破人亡，那时，他的儿子才只有三岁！

从那场浩劫中过来的人大多谨言慎行，王老师当然也不例外。

王老师尽管性格内向，不苟言笑，但很愿意和同学们交往，我们几个同学有时晚上就去王老师家聊天。

王老师和他的儿子生活在一起。没有主妇的家庭总有些冷清，也不免有些凌乱，但王老师却把家收拾得很整洁，可见王老师的勤快。

有一次，王老师主动提到了他爱人的惨死，有同学建议，可以把这段经历写下来，王老师叹了一口气说，都过去了，不愿意再提了。

大概在 1985 年的春夏之交，王老师找了一个后老伴儿。女方住在百货大楼后面的一个大杂院里。那时候还没有搬家公司，王老师找了一辆车，让我们几个同学帮忙，把女方的东西运到学校，算是重新组织了一个家庭。

过了几天，王老师特意买了几种点心，把我们几个同学叫到家中，以示答谢。王老师说，为了采购这些东西，还搞了一个社会调查，看看哪儿的点心质量好，并告诉我们几种点心的名称和口味。在当时，这是很高级的享受，至今仍印象深刻。

王老师虽不善言辞，但多才多艺。他能唱俄文歌曲，每次新年联欢会，他都应邀唱《喀秋莎》，字正腔圆，颇有韵味；他的字也很好，讲义一笔不苟，清楚美观；他的板书也很漂亮，颇有条理；他的毛笔

高等学校法学试用教材

政治学概论

法学教材编辑部
《政治学概论》编写组

北京大学出版社

王世铮老师政治学概论课上
所用教材

字写得也不错，虽然不经常动笔，但颇有法度。有一次我们搞书法展，还特意请王老师写了一张字。

自己当了教师，才知道时间的宝贵。对于学生的来访，经常处于一种矛盾状态。但王老师对我们从来没有表示过厌烦。每次去他家里（那时没有电话，都是突然登门），他都很热情，给我们沏茶，陪我们聊天。有一次，我们几个同学突发奇想，成立了一个政治学研究会，请王老师当顾问，他很痛快地答应了，还来参加我们的活动。我们当中的几位"骨干"——常盛均、李振宇、黄新皖、高树信等同学泡了一段时间的图书馆，编了一份《政治学原理论文索引》，请王老师指教。现在看来，这份索引幼稚得近乎可笑，全然不得要领。但王老师看得很仔细，除了改正我们的笔误之外，还工工整整地写了一份意见，意见共七条：

一、下了很大功夫，取得初步成果。

二、要确定论文收集的时间，如从 1979 年 1 月至 1985 年 12 月，不在此段期间者不收。

三、感到内容收集得不全，有些重要论文未收入。如《政治学研究》、《国外政治学》、《政治学信息报》、《人民日报》、《光明日报》、《红旗》、《瞭望》等杂志刊载的文章未全收入，必须补上。

四、索引的格式要统一，项目要齐全（如论文题目、作者、报刊名称、出版年月和期数）。在初稿中，格式不统一，项目不齐全。写法不一致，不能写"同上"。缺作者等项。应统一规定：杂志要写明，1985 年×期；报纸要写明，1985 年×月×日。

五、重复的论文可设"互见"。完全不重复是不可能的。

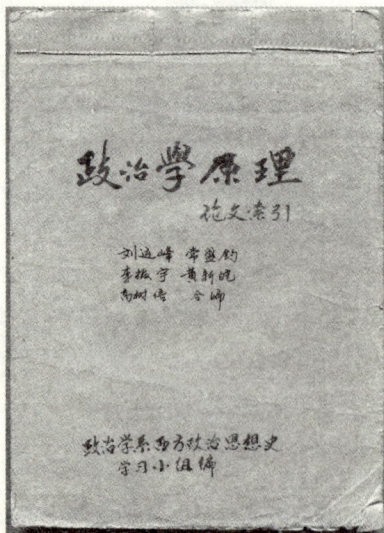
《政治学原理论文索引》封面

六、可利用过去的《政治学论

文索引》，尽量吸收进来。

七、不要急于求成，要扎扎实实地做工作。先做好卡片，然后分类、增减、调整，基本确定后再抄写。否则必然事倍功半。

这些意见是 1985 年 11 月 29 日写的，距今已经 27 年了！

除了具体的指导，王老师还建议系里对我们的工作给予支持，将这些东西打印出来，做成卡片，方便老师和同学们使用。那时政治学系非常困难，根本拿不出这笔钱，加之我们做事缺乏耐心，也就没有坚持下来。但系副主任李晨棻老师在全系同学的大会上特意表扬了我们。至今，这份索引还保存在我的书柜里。

几点意见：

一、下了很大功夫，取得初步成果。

二、应确定论文收集的时间，如从1979年1月至1985年12月，只在此段期间内收。

三、感到内容收集得不全，有些重要论文未收入。如《政治学研究》、《国外政治学》、《政治学信息报》、《人民日报》、《光明日报》、《红旗》等某些刊载的文章未收入。必须补上。

四、索引的格式应统一，项目应齐全（如论文题目、出处、报刊名称、出版年月或期数）。在初稿中，格式应统一，项目不齐全，写法不一致，不知写"问"，缺少必要项。

应统一规定：杂志应写明，1985年×期
　　　　　　　　报纸应写明，1985年×月×日。

五、重要的论文可设"卡片"，完全不重要者不可缺少。

六、可利用过去的《政治学论文索引》，尽量吸收进来。

七、不应急于求成，应扎扎实实地作工作。先作好卡片，然后不分类、增减、调查、基本确定后再抄写。否则不必事倍功半。

　　　　　　　　　　　　　王世铮
　　　　　　　　　　　　　1985.11.29.

王世铮老师的批语

在大学期间，我对政治学的兴趣最大，和王老师接触也最多，他也很喜欢我。有一回教育部来人调研，王老师和我作为师生代表参加。在学生会担任宣传干事的刘智刚同学为王老师拍了一张照片，效果非常好。我给王老师冲洗了一张，王老师很高兴，要给我钱，我没有要。过了几天去王老师家，王老师说，我送你一本书吧。那是一本刚刚出版的论文集，其中有王老师一篇关于毛泽东无产阶级专政学说的论文。王老师在扉页上很郑重地题上字，说："拿去参考吧！"他是以这种方式表示对学生的谢意。可惜的是，我并没有太当回事，历经几次搬家，这本书已经不知下落。

我毕业前夕，王老师晋升为副教授，他很希望我报考他的研究生，但由于政治学系的硕士学位授权点没有批下来，我也急于工作，尽快减轻父母的负担，因此就没有继续跟王老师读书。

毕业之后，就很少和王老师联系。有一次回学校办事，在大中路上遇到王老师，王老师说：他在讲义基础上写的《政治学概论》已经出版了，下次见面送我一本。但阴差阳错，总也没有机会专门拜访王老师。那次大中路的相遇竟也成了我和王老师的最后一面。

得到王老师去世的消息，我想到了这本书，便想买一本作为纪念，但这本书出版的时间太长了，出版社早已没有存书，到旧书网上寻找，也未能如愿，这使我感到一种深深的遗憾。唯一可以留作纪念的，就是王老师写给我们的那七条意见了。

与许多人相比，王老师没有赫赫之名，也没有大部头的学术著作流传下来，他只是一位普普通通的教师，生前清贫，死后寂寞，但我觉得，王老师是值得学生们敬重和怀念的，他虽然没有得到什么光环和桂冠，但他恪守职责、尽心尽力帮助学生的品格是永远不会被人们忘记的。

2012 年 12 月 21 日

追忆孔令智老师

孔令智老师是 2010 年 12 月 9 日去世的，至今已经两年了。

孔老师肯定不知道我这个学生，但我却对孔老师有着很深的印象。

那是 28 年前读大学二年级的时候，我们的课表上列了一门心理学。当时心理学刚刚恢复，同学们对这门课充满了好奇，当然也充满了期待。在我们的心目中，心理学很神秘，也很神奇，以为学了心理学就能了解人的心理，就能够解决许多问题。

负责教学工作的副系主任李晨棻老师深知此门课的重要，亲自登门去请孔令智老师给我们上这门课。当时，心理学非常热，许多专业都开设，而教学效果好、人们交口称赞的心理学教师却只有一位，那就是孔令智老师。她除了在学校上课，还经常被校外的机关、单位请来请去，忙得不可开交，苦于分身无术。

大概是李老师的真诚打动了孔老师，她答应来给我们上课，但也说明由她的几位研究生做助手。

上课那天，孔老师的装束和举止令我们眼前一亮。

孔老师虽年近花甲，但丝毫没有老态。她烫着时髦的卷发，戴着金丝边眼镜，眼睛明亮而有神。虽然是冬天，但她仍着薄呢长裙，而且略施粉黛，显得高贵、靓丽；她很会打扮，围了一个短短的脖套，将颈部的皱纹遮住，自然而得体。

最为吸引人的是孔老师讲课的风度。孔老师讲课，可谓绘声绘色，手舞足蹈，用现在的话说就是肢体语言非常丰富。每当讲到一种心理现象，孔老师往往会做出一个很形象甚至夸张的动作。有时会拿一些道具，比如苹果、塑料玩具等，使大家在轻松愉快的环境中理解诸如感觉、知觉、表象、气质等复杂而枯燥的心理学概念。因此，同学们最喜欢上孔老师的课，连平时习惯睡懒觉、旷课的同学也按时来到了教室。

课堂上的孔老师，表情丰富，精神饱满，给学生以强烈的感染力。自己做了教师之后才深深体会到，讲课是高强度的劳动，既耗费体力，又耗费脑力，往往两节课下来，就会感到身心疲惫，尤其处在情绪高亢的状态，更是对体力的极大透支。孔老师那时已接近六十岁，她在讲台上的付出可想而知。

课下的孔老师更是和蔼可亲。课间休息的时候，她会主动来到同学们中间和大家聊天。她往往会笑呵呵地问年龄偏大的同学："有女朋友了吗？"得到肯定的回答后，又会加上一句："漂亮吗？"那时，大学生谈恋爱还处于半地下状态，大多数老师和教学管理人员都不赞成学生谈恋爱。孔老师却不讳言这些，这让同学们感到孔老师特别富有亲和力、同情心。

孔老师的工作异常繁忙，教学、科研、社会活动、家务集于一身，有时还要接待外国学者的来访。那时的社会学属于初创阶段，老师们的工作条件都很差。有一次在课堂上孔老师提到一位外国朋友问她"where is your office?"孔老师回答："upstair!"孔老师对我们说，什么"office"，我连个"table"也没有啊！

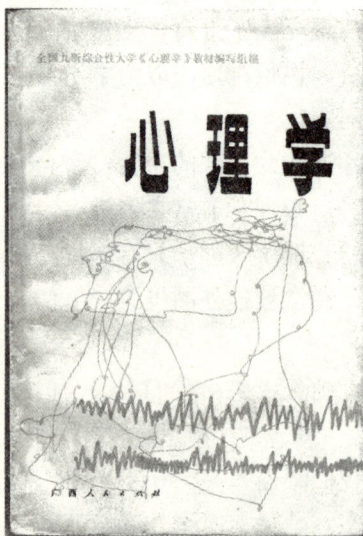

孔令智老师课上用的《心理学》教材

我们听了，感到很不是滋味。

可惜的是，孔老师没有给我们上完心理学这门课，因为，她太忙了。大概讲了半个学期，就由她的几位研究生轮流给我们上课。尽管这几位研究生都很认真，但和孔老师比起来，讲课效果就差多了。因此，我们对心理学的兴趣也就渐渐淡了下来。由此可见一位好老师的重要性。我觉得，判断好老师的一个重要标准，就是他（她）能否使学生对他（她）所讲的这门课产生浓厚的兴趣。

大学毕业后，基本上没有见过孔老师，但却一直记着她，有时从一些社会活动的报道中得到孔老师的消息，便感到由衷的自豪和高兴。

愿孔老师安息，她的音容笑貌，她的举手投足永远留在学生的记忆里。

2012 年 12 月 27 日

写给在天堂里的王晶

2011 年 1 月 20 日，我和《书报文摘》总编辑倪斯霆兄一道去参加朋友的聚会，他曾在天津市新闻出版局机关工作了很长时间，闲谈中就谈到了那里的一些熟人。我问："王晶还在报刊处吗？"斯霆说："王晶已经不在了。"我大吃一惊，忙问："她那么年轻怎么就不在了？"斯霆说："让他的前夫杀了。"我不敢相信这是真的，问："什么时候？"斯霆说："有几个月了吧，真是太不幸了。"

我不敢相信这是真的，一下子陷入了沉默。

从 1993 年到 2004 年，我曾经在财税部门办过十年的杂志，业务主管部门就是天津市新闻出版局报刊处，王晶是报刊处的工作人员，每年的年检、增刊申请以及平时的培训都要和王晶打交道。相互熟悉之后，我才知道我们是校友，虽然并不同届，也不是一个专业，但由于南开的渊源，彼此都感到很亲切。我每次去报刊处办事，她都很热情，有时也聊几句南开的往事。2004 年，上级对行业报刊进行整顿，按照规定我们的刊物停办，我就再没有去过报刊处，也就再没有见过王晶。真想不到，再得到她的消息时，竟是这样一个结果。

转天，我去参加单位组织的一个活动，晚上，同行者去健身了，我独自在房间里，满脑子都是王晶的事情，情不自已，写下了这样一段文字，题目就是"写给在天堂里的王晶"：

　　王晶，此时此刻，你一定是在天堂里，因为，像你如此美丽、善良的人，一定是在天堂里。

　　你的美丽是天生的，是一种不加雕琢不加修饰的美。你弯弯的眉毛、大大的眼睛，端正的面庞无可挑剔；你身材适中，苗条而富有曲线美。你有时长发披肩，有时长辫微翘，始终是一个清纯大学生的形象。有一个夏天，你的腿上长满了红斑，但依然不能减损你的美丽。

　　你的美丽是高贵的，你始终是温和的、热情的，但也是严肃的，没有一点儿轻佻、轻浮和媚态。所有的人对你都只能是"可远观而不可亵玩焉"。

　　你自身是美的，也追求着美。你认为男人的美丽就是"帅"。因此，你不顾对方的教育、家庭、职业背景，而把"帅"作为择偶的第一标准，甚至是唯一标准。也许在你看来，男人只要够"帅"，品格也会高尚起来。

　　果真，你如愿以偿，找到了一位帅哥，一位没有受过正规教育，没有稳定职业的帅哥。

　　但你并没有嫌弃这位帅哥，你不断地托人，为已经成为你的丈夫的这位帅哥谋职。

　　但是，这位帅哥除了"帅"之外，什么也没有，什么也不是。他好逸恶劳，不求进取，干任何事情都是有始无终，而且，还不断地对你施以家庭暴力。

　　终于，你无法忍受下去了，和那位帅哥解除了婚姻关系，独自带着年幼的儿子生活。

　　但那位帅哥并没有放过你，他不断地上门纠缠你，骚扰你，找你要钱要物，使你不得安宁。

　　你太善良了，你在工作中对同事、对相关单位的人都很真诚、客气，从不疾言厉色，何况对你的前夫，对你孩子的生父，你尽量迁就，尽量满足，直到他向你举起屠刀。

　　你太善良了，对这位穷凶极恶的帅哥毫无防备。你本来已经找到了新的意中人，准备举行婚礼，而且，那位意中人那天就在你的家中，但你还是随着那位帅哥来到了楼下，对他好声相劝，和他讲道理，希望他能够改邪归正，浪子回头，自食其力。但是，你错了，错在了你的善良。那位帅哥不会和你讲道理，他就是要不断地纠缠你，找你的麻烦，而且，胃口越来越大，一旦不能得到满足，他便不顾当年的夫妻恩爱，不顾年幼的孩子，向你举起了屠刀，先是扎向你的脖子，再是刺向你的心脏。你无论如何也想象不到，那个当年的帅哥怎么会那样凶残，怎么会那样无情。

你死得太惨了，叫人无论如何也不敢相信这是真的。但这毕竟是真的，你的美丽、善良的生命就这样消失了。

但我仍然不相信你的生命的消失，我相信你在天堂里，也仍旧是那样的美丽，那样的善良。

2014 年 2 月 24 日

远望郝世峰

在期末的一个聚会上，院党委书记乔以钢教授对大家说："告诉诸位一个不幸的消息，郝世峰先生去世了。"并说："根据郝先生的遗嘱和家属的意见，不设灵堂，不举行任何仪式，不接受花圈花篮，遗体已在今天上午火化了。院里决定在下学期开学之后，举行关于郝先生的追思会。"

这个追思会，我是没有资格参加的，因为，在大学期间，我读的是政治学系，没有上过郝世峰先生的课，而且，与他本人也没有任何交往。尽管如此，也还是想写上几句。

第一次听到郝先生的名字，是我在原单位工作的时候，同事姚立毕业于南开大学分校中文系，提到古典诗词的老师，他非常自豪并且绘声绘色地说：郝世峰先生讲课太棒了，特有感情，当讲到范仲淹《苏幕遮》中的"酒入愁肠，化作相思泪"时，郝先生已是泪流满面，特令人感动，永远也忘不了。姚立还托我把这首词写成一张横幅，借以回味郝先生当年上课的情景。我很快完成，并就此记住了郝先生的名字。

我回到南开大学任教后不久，也把家迁到了学校的北村。在北村的小马路上，我时常看到一位老人，头戴一顶运动帽，拄着一根拐杖，颤颤巍巍地走路。他的步子很小，几乎是一步步地挪动，有时前脚还未落地，后脚已经抬起，像是要跌倒的样子。他的背是驼的，但面色是红润的，有时停下来和人们点点头，听人们聊天，他自己却很少说话。有人告诉我，他就是郝世峰，是中文系的老主任，得了很严重的帕金森综合症。

由于我和郝先生没有过任何交往，他也不认识我，很长时间，我也没有跟他打过招呼，只是远远地望着他。有时走近了，便朝他点点头，他也不加理会，继续艰难地走他的路。

久而久之，我对郝先生产生了很深的敬意。

听中文系的老师们说，郝先生是少年布尔什维克，很早就参加了革命，因此享受离休待遇。他曾在团中央工作，20世纪50年代作为调干生考入了南开大学中文系，毕业后留校任教。

他在担任中文系主任期间，大胆改革，管理有方，颇具人望，加之他讲课效果好，科研水平高，大家都很敬重他。

他在系主任的位子上，认真负责，勇于承担责任。离休后就不再过问系里的事情，甚至不再到系里来，但依然嫉恶如仇，脾气秉性没有丝毫的改变，对于他不喜欢的人和事，依然是态度鲜明，不留情面。

有一段时间，郝先生的身体似乎有了一些起色，在保姆的搀扶下散步，我走上前去，做了自我介绍，说："您的身体大有好转，希望您坚持锻炼，一定会越来越好的。"郝先生眼睛眯缝着，面带笑容，说："好，好，这是你在鼓励我，谢谢你！"这是我同郝先生唯一的一次对话，总共也没有超过一分钟。

很长一段时间，没有在北村的小马路上见到郝先生的身影，一天晚上，和院长沈立岩教授通话时顺便提到了郝先生，他说，郝先生近日摔了一跤，已经住院了，情况不大好。后来又听说郝先生恢复得还不错，没想到，郝先生还是走了。

郝先生虽然已经化作古人，但在我的心目中，他是一座高峰，令人景仰。

2013年1月13日于香河

"南开要多办剧团"

——于是之先生的一句话

2013 年 1 月 20 日，于是之先生在北京去世，享年 86 岁。

我和于是之先生有过一面之缘，而且对他讲过的一句话印象非常深刻。

那是 1985 年 10 月的一天，南开大学隆重举办"曹禺七十五周年诞辰暨从事戏剧活动六十周年学术讨论会"，在闭幕式上，有一项全体同学向老校友、老学长曹禺先生赠送礼物的内容。大家想来想去，决定当场向曹禺先生献一幅字比较合适。我当时担任书法社的社长，正在读大学三年级，这一任务也就自然落在了我的肩上，因此便早早地来到了会场。

闭幕式的地点设在行政楼一楼的会议室。大约在晚上八点来钟，曹禺先生在女儿万方的搀扶下缓步来到会场，大家都站起来鼓掌欢迎。于是之先生当时担任北京人民艺术剧院第一副院长（院长是曹禺）不久，也陪同曹禺先生来到了会场。那天会议的规模虽然不大，但却来了不少的名人，如著名画家范曾、导演夏淳、戏剧评论家刘厚生、表演艺术家孔祥玉等。

闭幕式是由来新夏教授主持的。来教授没有拿讲稿，却很全面地介绍了曹禺先生的经历和艺术成就。然后，来教授又一一介绍了到场的各位嘉宾。在介绍到于是之先生时，他缓缓站起来，向大家拱手致意。他坐在曹禺的左边，没有什么表情，全没有《茶馆》中王掌柜那种眼观六路、耳听八方的干练与爽快。他眼睛不大，又总是眯缝着，偶尔看一下在场的人，也多是目光斜视。从他的神态看，他更像是一位严谨的学者或是严肃的领导，有几分矜持，也有几分傲慢，总之和演员不搭界。这让在场的师生不免有些失望。

　　校领导致辞和曹禺先生讲话后，来新夏教授请于是之先生讲话，他接过话筒，语气平缓地讲了几分钟。于是之先生那天具体讲了些什么，由于没有记录，已经没有什么印象了，大概他谈到了曹禺学生时代参加话剧演出对以后其戏剧创作及成就的影响，然后一字一顿地说："因此，我建议，南开要多办剧团。"于是之说完这句话，在场的人们似乎有些诧异，因为，南开大学又不是戏剧学院，多办剧团好像有点儿不伦不类，但坐在曹禺右边的王大璩副校长率先鼓起掌来，大家一下子明白了于是之先生的意思，掌声汇成一片，表示对这个建议的赞同和感谢。

　　事实证明，南开人没有辜负于是之先生的期望，在众多的学生社团中，话剧团一直是很活跃的。他们曾自导自演了曹禺的话剧《雷雨》，到美国、日本等多个国家演出；他们还在王骚、陈学奇等青年教师的支持下，重排了周恩来当年担任主角的《一念差》；政治学系的同学们独自排练上演反映周恩来、邓颖超、于方舟等事迹的《觉悟》，等等。近年来，学生话剧团还演出了《红旗谱》，颇具专业水准；文学院的同学们还组成了"八里台人艺"，每年都有新的作品上演。

　　于是之先生知道这些，一定会感到欣慰的。

2013 年 3 月 28 日

怀念谢晓芳老师

端午节前的一个下午，我送走了两位客人，感到有些疲惫，无心看书敲字，于是想去看看谢晓芳老师。这是我屡屡食言的承诺。有时和谢老师通电话，总是说，我有时间去看看您，谢老师也总是说，不用专门跑，你太忙。但谢老师心中是希望我去看看他的，每次通电话，他总会告诉我他的楼门号。人到老年，都很寂寞。有人来访，是很高兴的事情。

但我的确是忙，说话不兑现，连电话都不好意思打了。

这次终于有了时间，谢老师一定会高兴的，我想。

我先是拨谢老师的手机，手机中传出一个声音："您所拨打的号码并不存在。"我以为打错了，便仔细核对了一下通讯录，再次拨通，听到的依然是同一个声音。

也许，谢老师可能觉得手机用处不大，停机了，我想。

我直接找到了谢老师的家。谢老师身体不好，外出的机会不多，他一定在家，我想。

我敲了敲门，没有动静。我停顿了一下，又重重地敲了敲。这时，听到里面有人走动的声音。

隔着防盗门，师母问："谁呀？"我连忙回答："我是刘运峰，来看看谢老师！"门开了，只有师母一人，我说："谢老师在吗？"师母小声说："先进来，先进来！"我随着师母来到方厅，师母说："谢老师过世了。"我吃了一惊，忙问："什么时候？"师母说："去年的 8 月 16 日，太突然，当时正在暑假里，谁也没有告诉。"

　　我黯然无语，陪着师母静静地坐着。

　　谢老师是在 8 月 16 日午饭过后去世的。他去了趟卫生间，几乎清空了肠道，随后就不行了。待到师母叫来救护车，马上送到医院，已经无济于事。谢老师就这样干干净净地走了。

　　谢老师是广东新会人，很小的时候，就跟着母亲、哥哥随着修建张北铁路的父亲来到张家口。谢老师七岁的时候，父母就都去世了，他是在孤儿院长大的。他十四岁的时候，就参加了中国人民解放军，投身到抗美援朝运动中。谢老师身材不高，但机灵能干，多次立功并受到嘉奖。到他转业的时候，已经是团职干部了。我见过谢老师的一张全家福照片，照片上的谢老师，一身戎装，目光如电，眉宇间有一股英武之气。

　　谢老师转业后，来到了南开大学。恰好，政治学系刚刚成立，谢老师就担任办公室主任，后任系副主任，主管行政后勤工作。

　　刚开始接触谢老师，我们并不太喜欢他。因为他说话、办事太像是在军队。他不苟言笑，神情总是很严肃。看到学生不讲卫生、举止随便，他会不顾场合、不讲方式地进行批评，有时让人下不来台。因此，有的同学背地里称他为"军阀"。据说，同学们对他的意见还反映到了党总支，谢老师在一次组织生活会上还做过自我批评。

　　但时间长了，大家发现，谢老师是一个非常好的人。他心地善良，总是能够发现同学的长处。看到同学们有什么优点，他会大加称赞。谢老师看到我喜欢书法，就在很多老师包括外系的老师和同学们面前说我的字好。其实，我那时的字只能算是初学水平，根本拿不出去，但谢老师依然给我很多鼓励。政治学系初创时期，经费捉襟见肘，难以为继。但遇到学生活动，谢老师总是尽力给我们支持。在非常困难的条件下，我们举办过政治学系艺术节，排演过话剧《觉悟》，举办过书画展，谢老师都尽最大可能让我们把活动办得体面一些。

上学期间，我们成立了学生社团——政治学研究会，创办了刊物《飞鸣》。谢老师拿出系里新买来的油印机，给我们提供白纸、油墨，使我们的刊物办得像模像样。

《周恩来选集》刚刚出版的时候，父亲从老家来信让我买一本带回去。我去买书的时候，在大中路上遇到谢老师，他问我干什么去，我说去买《周恩来选集》，谢老师说："不用买了，我有两本，送给你一本吧。"原来，师母在一所高校担任中层领导，她们单位也发了一本。现在，那本《周恩来选集》仍在老家的书柜完好地保存着。

如果是现在，一本《周恩来选集》值不了几个钱，但在当时，却相当于一个学生两天的生活费。谢老师深知学生生活的艰苦，尽量为学生减轻一点负担。

读研究生的时候，一次在校园里见到谢老师，随便聊了一会儿。当他得知我晚上还要上课来不及回家吃饭时，就把我叫到家里，亲自下厨给我做了一碗挂面汤。他先是切了不少腊肠（谢老师是广东人，喜欢吃腊味），放到油锅里煸炒，然后再加水、下挂面、卧鸡蛋，那碗热气腾腾、香气扑鼻的面汤很是让我难忘，至今犹在目前。

我搬到学校后，时常在校园里见到谢老师散步，他的心脏病很严重，做了支架手术，他的脸色有些苍白，气力虚弱，但眼睛依然是明亮的。每次见面，我都请他多保重身体，他总是淡淡地一笑。

有一天晚上，谢老师打来电话，说和师母一起住到了长江道上的一家老年公寓，说那里条件很好，有不少老人做伴、聊天。那次电话里还说，最近读到我两篇文章，希望我多写。

大约过了半年时间，我去长江道办事，路经一家老年公寓，于是中途下车去看望谢老师和师母。

我来到大厅，一些老年人在聊天，他们问我找谁，我说找谢老师。他们告诉我谢老师前不久回家了，不在这里住了。

果然，时隔不久就在校园里遇到谢老师，他说他的身体不适合那里的伙食，因此回来了。我依然是劝他多保重身体，他也依然是淡淡地一笑。

万万想不到，谢老师的这淡淡的一笑竟然是他留给我的最后的一笑。

　　谢老师无声无息地走了。后来的学弟学妹们可能不知道政治学系还曾经有过一位谢老师。但是，谢老师的音容笑貌却永远留在了我们这些老学生的心中，他在筚路蓝缕时期为政治学系所作的那些贡献也绝不会被人们遗忘，绝不会的。

2013 年 7 月 9 日

黾翁琐忆

——纪念王学仲先生

1981 年秋天，我报名参加了天津市第二工人文化宫举办的书法班。一天晚上，老师孙伯翔先生拿着几瓶托人买到的黑色油漆对大家说，这是给王学仲先生买的，王先生在尝试用油漆在宣纸上写字。从此，我记住了王学仲先生的名字。

到南开大学读书后，我加入了书法社。和王学仲先生有了直接的接触。有时，我们请他为展览题字，有时，我们请他来给书法社的同学讲课，对于这些，王先生都是有求必应。他的墨宝我们也不加装裱，就和同学们的作品挂在一起展出。

记得在一个冬天的星期日下午，他应邀来到主楼的一间大教室，给我们讲他的书法创作体会。那天，他随身带来了徐悲鸿给他的题词，是一个横幅，天长日久，有些残破，王先生很仔细地装在一个布袋子里。那一天，他还带来了刚刚创作完成的一副隶书对联，写的是黄庭坚的诗句"落木千山天远大，澄江一道月分明"，那件作品写得很大，也很精到，给我们留下了深刻的印象。

在南开大学众多的学生社团中，书法社是比较红火的一个，每年都有不少同学加入进来。一天，社长魏立刚学兄突发奇想，要把书法社"升格"为"南开书苑"，并提议请王学仲先生题写匾额，我们几个骨干极力赞同。一天晚上，我和魏立刚来到了王学仲先生的家。王先生在书房里接待了我们，书房不大，不到十个平米，但非常整洁，一对小沙发的背后挂着郑诵先的章草对联，中间是李苦禅画的一幅雄鹰。除此之外，墙壁全部被书架占满，给我印象最深的是一整套中华书局的校点本"二十四史"，这是我第一次在一个家庭中见到这部书。我们说明来意，王先生非常赞成，答应给我们题写"苑"名。过了几天，魏立刚就取来了王先生的题字，在一张四尺对开的宣纸上，"南开书苑"四个大字端庄凝重而又不乏灵动，堪称王先生书作中的精品。魏立刚跑到学校的建筑工地上找来一块红松木板，从木工组借来工具和油漆，把王先生的题字刻成了一块木匾，当时担任校团委书记的薛进文老师非常支持我们的活动，特意给我们找了一间简易的板房，我们把牌子挂出来，分外醒目，很令其他的社团羡慕。从此，"南开书苑"的名声就越来越响亮。这其中，就包含着王先生的许多心血。

天气好的时候，会看到王先生骑一辆旧自行车穿梭于南开大学和天津大学之间，当我们和他打招呼时，他会很和蔼地说："有时间到家里去玩。"但我们都知道他很忙，不能随便打扰。

按照辈分，王先生是我的太老师，但我从来没有向王先生表露过，也从来没有向王先生开口要过字画。大约在 1985 年春天，河北大学的黄绮教授应王先生之约，来天津大学举办书法讲座。在笔会上，王先生书写一幅对联，刚写完第一个字"鹰"的时候，王先生自言自语地说："词儿记错了"，随手就丢在了地上，我顺手捡起来，夹在一本书里。这可以算是我收藏的王先生的一件墨宝了。

南开大学东方艺术系成立后，王先生是最早受聘的教授之一。1986 年冬天，南开大学举办"东方艺术系列讲座"，王先生主讲书法那天下午，主楼小礼堂座无虚席，在讲座结束后，王先生当场写了一幅隶书，一幅草书，让同学们领略了书法的魅力。

大学毕业后，与王先生见面的机会就很少了。十几年前，在美国哥伦比亚大学攻读艺术学博士的张以国学兄与校方联系，由美方举办当代中国著名书法家作品展，我陪他去龟园拜访王先生。天气很热，王先生不停地扇扇子，在交谈中，王先生说："我从来不闲着，每天都在写字、画画、读书、作诗。"他的桌子上放着一个线装的宣纸本子，上面题着"诗笺"两个隶书字。王先生把刚刚完成的一首诗作读给我们，内容是赠给同乡贺敬之的。张以国请王先生写一篇自述性的文字。王先生说，好的，我现在就写。我们俩到旁边的一家小店复印了点材料，前后不到半个小时，王先生的稿子就写完了，大约有400字，而且清楚工整，没有一丝改动。那时，王先生已经70开外了，文思依然敏捷，真令人佩服。

河北省书法家协会办了一份《书法家》刊物，我以前的同行、在河北省地方税务局编杂志的艾树池兄参与编辑。一天，他特地来天津组稿。同样是一个夏日，我陪他来到龟园采访王学仲先生，王先生边翻阅《书法家》的创刊号，边和我们谈他的一些创作体会，他说，艺术就是寂寞之道，追求热闹搞不出真东西。他很反感一位艺术家提出的中国画"笔墨等于零"的主张，他很激动而且大声地说："中国画没有笔墨才等于零！"他还说："别人都爱热闹，我偏爱枯燥。"这句话给我留下了很深的印象，后来，我就以"人爱热闹，我爱枯燥"为题，写了一篇访谈，发在了《天津青年报》上。

2001年秋，我在一个展览上看到红学家周汝昌先生默临的《兰亭序》长卷，后面有一段王学仲先生的长跋，颇有见地，两位名家的作品裱在一起，真是珠联璧合，相得益彰。我把王先生的跋语抄录下来，写了一篇《王学仲先生跋〈周汝昌默临兰亭序〉》的小文。这篇小文在《书法报》刊出后，我给王先生寄了一份样报。隔了几天，王先生就回了一封短信："运峰君：大文运思甚佳，已复印留存，并致谢忱。即颂 文祺！"信是用毛笔写在一枚印有兰草和钤盖"江湖意冷""八旬龟

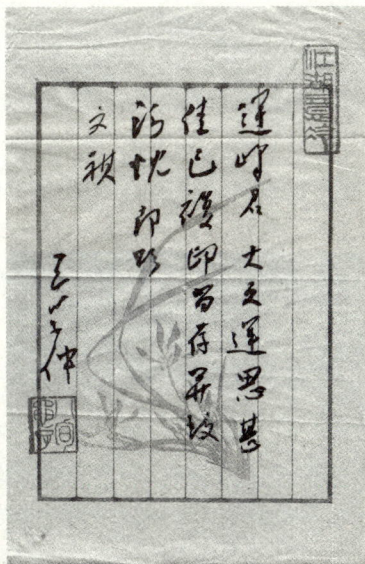

王学仲先生书札

翁"的笺纸上的。而今，这封信已成为珍贵的纪念了。

王先生是 10 月 8 日早晨去世的，但我得到这个不幸的消息已经是 10 月 9 日的夜间了，我感到，他的去世带有"一个时代的结束"的悲哀。因为，今后很难再出现他这样的"全才"、"通才"了，也很难再有这样一位具有传统人文修养而又不乏国际视野的艺术家了。

第二天一早，我写了一副挽联："扬国风，励民魂，黾学成绝响；写怀抱，赋狂草，艺苑树丰碑。"随后，我来到黾园，在王先生的遗像前行礼、致祭，又随同众人来到殡仪馆，向王先生的遗体告别，算是见了王先生的最后一面。

2013 年 11 月 8 日，南开园

追记刘佛丁先生

在我的藏书中，有一本《中国近代经济发展史》，主编是刘佛丁先生。书中夹着两份材料，一份是加了黑色边框的讣告，一份是刘佛丁教授生平。讣告上写着："南开大学经济研究所教授、博士生导师刘佛丁同志因病医治无效，于 2000 年 4 月 27 日上午 10 点 30 分不幸逝世，享年六十三岁。"

每当看到这本书，看到书中的这两份材料，心情就很沉重、很难过。

本来，我有机会成为刘佛丁先生的学生，但我最终又没有能够成为他的学生。

那是 1999 年的下半年，我决定报考南开大学经济研究所中国近代经济史的博士研究生，选定的导师就是刘佛丁先生。

我从朱英瑞老师那里查到了刘佛丁教授的电话，很冒昧地打通了他家中的电话。电话里刘先生声音不高，但很浑厚。我介绍了自己的情况，他很耐心地听完，说："你的条件不错，欢迎你报考。"我提出去拜访他，他说："我很忙，你又要跑很远的路，就不必来了，好好准备吧。"我放下电话，心里有些嘀咕，莫非刘先生不想收我这个弟子，莫非他早已有理想的人选。但既然决定报考，想太多也没有用，于是抓紧时间温习外语，读相关的专业书籍。

大学刚刚毕业的时候，我在天津财经学院工作，财政系主任王亘坚教授建议我在从事共青团工作的同时担任中国财政史的教学，我为此做了不少准备，读了胡寄窗、傅筑夫等前辈的著作，也尝试着写了几篇有关财政史的文章。尽管由于阴差阳错，我没有专门从事财政史的教学和研究，但毕竟有了一些积累，因此，阅读有关中国近代经济史的著作并不感到陌生，这也增加了我考试的信心。

过了些日子，朱英瑞老师遇到刘佛丁先生，他们两人是大学时期的前后届同学，平时关系很好。朱老师很仔细地介绍了我的情况。刘先生说，我对这个学生有印象，让他来和我面谈一次吧。

刘先生住在迎水道校区的教工宿舍，好像是二楼的一个单元。刘先生家给我的第一个印象就是非常整洁，他案头的图书资料也都井井有条，这在大学教师的家中实不多见。古人云"几案精严见性情"，仅看刘先生的日常生活就可见其不同凡响之处。

刘先生刚过花甲之年，但头发基本掉光了，他面色白净，戴一副金属架眼镜，身着浅灰色西装，很是儒雅。他待人很温和，但又不失严肃。他给我倒了一杯白开水，没有太多的客套，便开始仔细地听我讲我的学习经历、专业背景以及工作情况。当他听说我在中国财政史方面下过一些功夫现在又在财政研究所工作后，说，你还是有优势的，将来可以在中国近代财政史方面找到突破口，这方面有许多题目要做。刘先生得知我爱好书法和绘画，很有兴趣地问了我一些书画方面的事情。从刘先生的谈话中我得知，他出生在北京的一个书香门第，家中有不少的名人字画。他还提到了国际经济系熊性美教授的父亲、著名戏剧家熊佛西先生。和刘先生的一席话，让我想起了《论语》中的"望之俨然，即之也温"，这句话，在刘先生身上得到了最好的验证。我暗下决心，一定要成为刘先生的学生。

在向刘先生请教中得知，他和王玉茹、赵津、张东刚等老师刚刚完成了一本《中国近代经济发展史》，便想找来参考，但跑了几家书店都没有买到，那时候网络远没有现在这样发达，只得托在教育部工作的同学刘大为兄代购，大为找到高等教育出版社的门市部，总算把这本书买到了。据大为说，这是最后一本，他用特快专递寄给我的时候，已经是 2000 年的 3 月 22 日了，距离考试只剩下半个月的时间了。

这本书，我是当作宝贝一般读的，书后记着："2000 年 3 月 24 日草草读完第一遍，3 月 29 日读完第二遍，4 月 11 日夜读完第三遍。"对于书中的重点章节，我读了还不止三遍。

考试还算顺利，随后是焦急的等待。

成绩终于出来了，我达到了复试分数线。

我提出再次去拜访刘先生，他却婉言谢绝了。

复试的时候，刘先生除了考察我一些专业的问题外，特意问我对于中外经济史比较的课题是否感兴趣。同时，他也提到假如我来读博士原单位是否同意，是否在读书的时间上有保证。我一一作答，感到刘先生对我还比较满意。

复试之后，又是焦急的等待，因为不知道名次是否会有变动。

在电话中，我向刘先生了解是否有录取的希望，刘先生说，应该没有问题，要报研究生院审批，让我耐心等待。我仍然想去拜访他，他说："不必了，我现在正忙于看博士生的毕业论文，时间很紧。"我只能请他注意身体，他在电话里说："好，谢谢你！"

又过了几天，4 月 28 日上午，我有些沉不住气，再次拨通了刘先生家的电话。接电话的是一位女性，问我找谁，我说找刘先生，她问我是刘先生什么人，我犹豫了一下，说，我是他的学生。对方说："刘先生昨天去世了。"我顿时懵了，不知说什么好，停顿了一会儿，我说："我去看刘先生。"

我快步跑下楼，骑车一路狂奔，来到了刘先生的家。门前已经摆放了很多花圈，客厅已经布置成了灵堂，刘先生的大幅彩色遗像挂在正中。遗像中的刘先生，慈祥、睿智、儒雅、

高等学校经济学专业教材

中国近代经济发展史

刘佛丁 主编

王玉茹 赵 津 副主编

高等教育出版社

《中国近代经济发展史》书影

淡定，我向刘先生的遗像三鞠躬，心里有说不出的难过。

第二天，即 2000 年 4 月 29 日上午，按照治丧小组的安排，我和刘先生众多的同事、朋友、学生一道，来到北仓公墓，参加了刘先生的遗体告别仪式。看到仿佛睡着了的刘先生，我默默地说："刘先生，我来送您来了，您还记得我这个学生吗？"

我虽然没有成为刘先生的学生，但在我的心目中，刘先生是我的导师，因此，我把那本《中国近代经济发展史》连同关于刘先生的两份资料，仔细珍藏起来，算是对刘先生的一个纪念。

2014 年 3 月 15 日

附：刘佛丁教授生平

南开大学经济研究所教授、博士生导师刘佛丁先生于 2000 年 4 月 27 日上午 10 时 30 分，因心脏病突发，经抢救无效去世，享年 63 岁。

刘佛丁教授生于 1937 年 11 月 5 日，1963 年毕业于南开大学历史系，即留在南开大学经济研究所任教。1990 年经国务院学术委员会批准为经济史专业博士生导师。他历任南开大学助教、讲师、副教授、教授、博士生导师，经济研究所经济史研究室主任，中国经济史学会近代经济史专业委员会副主任，《南开经济研究》主编，南开大学经济史学科学术带头人。

刘佛丁教授一生从事中国近代经济史的研究和教学工作，是我国经济史学界的著名学者，在中国近代经济史领域作出了卓越的贡献，他对中国近代史中的价格、近代经济发展与周期波动、近代市场的发展等方面的研究都取得了突出的成就，他的著作《中国近代的经济发展》、《近代中国的市场发育与经济增长》、《中国近代经济史》被国际同行称为"无可类比的名著，可以称作是展示了中国近代经济史研究的新方向成果"。他培养了博士和硕士研究生多人。他作为主要领导人之一，使南开大学经济研究所成为我国经济史研究的重镇之一，中国近代经济史被列为天津市重点学科。

刘佛丁教授治学严谨、扎实，虽然他天赋聪颖，但是依然勤奋好学，从默默无闻地搜集第一手资料埋头做起。他性格沉稳，待人谦和，但学术视野开阔，思想开放，大胆吸收西方最新的理论成果，用经济学理论来研究经济史，以全新的方法重新构建中国近代经济史的理论框架，在学术界独树一帜。

刘佛丁教授为人正直、耿介，从不媚俗趋炎附势，对学生和后进，则是诲人不倦，尽力提携。他淡泊名利，对事业孜孜以求，追求学术真谛执著而热忱，有着独特的学术个性。他对生活中的挫折能以达观的态度坦然面对，表现出一种豁达的胸襟。

刘佛丁教授的逝世是南开大学经济研究所的一大损失，是中国经济史学界的一大损失。作为亲友、同事和学生，我们痛失一位可敬的师长和益友。我们在此沉痛悼念刘佛丁教授。

刘佛丁教授安息吧。

记忆中的来新夏先生

　　最早知道来新夏先生的大名，还是在 30 年前我读本科的时候。那时，南开大学图书馆的藏书有限，每一位本科生只有四个借书证。由于我们政治学系是新组建的，在发放借书证的问题上并不顺利，据说每人先发两个。在一次班会上，大家向副系主任李晨菜老师反映，李老师性子很急，当即说："这不公平，我现在就去图书馆找来先生！"李老师是来先生的晚辈，在来先生面前说话非常直接。很快，我们也有了四个借书证。从此，我知道了图书馆馆长来先生的名字。

　　改革开放之后，来先生时来运转，风头甚健。他精力充沛，身兼数职，举手投足，不同凡响。记得学校开运动会，许多系的旗子都是红底黄字或是白字，系名也多为黑体美术字。唯独图书馆学系的旗子是白底红字，系名出自范曾先生之手，在运动场上很是抢眼。入场那天，身为系主任的来先生西装革履，风度翩翩，走在图书馆学系队伍前头，真是派头十足。

　　第一次和来先生近距离接触，是在 1985 年 10 月南开大学举办的"曹禺七十五周年诞辰暨戏剧活动六十周年学术讨论会"上。那天晚上的活动是来先生主持的，他陪同曹禺、于是之、范曾、刘厚生、夏淳、孔祥玉等名流步入会场，在向大家介绍完诸位嘉宾后，就开始介绍活动的主角曹禺先生。来先生手中没有稿子，完全凭记忆，将曹禺的生平、代表作、国内外的影响条分缕析地讲给大家，语言平实又不乏生动。我当时有些纳闷，来先生并不是研究文学的，怎么对曹禺那么熟悉，简直是如数家珍一般。那时，来先生已经年逾花甲，但丝毫没有老态，他身着深灰色西服，系红色领带，戴金丝边眼镜，头发又黑又亮，用现在的话来说，堪称南开大学的形象大使。这不只是我一个人的印象，就在去年，北京大学的张积教授谈起他在华中师范大学随张舜徽教授读研究生时，曾听过来先生的一次讲座，他对我说："来先生真是太有派头了，应该做外交官！"

但我很长时间都没有主动去和来先生联系，一来我生性不愿意攀附名人，挖空心思地找人家要书、要字，硬是拉人家合影、让人家签名，这种事我从来不做；二来在我的印象中，来先生有些"凶"，不苟言笑，咄咄逼人，身上透着一种清高和孤傲。据说，他在做图书馆馆长时，要求非常严格，办事雷厉风行，有些人很是不满。对来先生的学问，我也不甚了然，只是买过他的《结网录》、《近三百年人物年谱知见录》、《林则徐年谱》等。因此，毕业之后的很多年，我都没有想到和来先生联系，尽管，我的两个做编辑的好朋友都和来先生有着密切的交往，从他们那里经常会听到来先生的消息。

2001 年 12 月，我到北京参加《鲁迅全集》修订座谈会，专门讨论鲁迅佚文佚信的增补问题。在会上遇到鲁迅研究专家朱正先生。朱先生曾给过我许多帮助，我便邀请他来天津走走。朱先生很高兴地说，也好，正好去看看来新夏先生。

朱先生和夫人带着小孙女来到天津，我托张铁荣教授先和来先生取得联系，然后就来到了来先生在南开大学北村的家中。这是一座颇为陈旧的楼房的顶层，房间没有做任何的装修，依然是水泥地面，满屋的书柜、墙上的字画说明主人的与众不同。与我上大学时相比，来先生已是满头白发，腿脚也不太利落，但面色红润，精神很好。朱先生和来先生神交已久，第一次见面，非常高兴。我在旁边静静地听两位老人聊天，并为他们拍了几张照片。

作者与来新夏先生合影

　　朱先生对来先生笔耕不辍表示钦佩，来先生苦笑着说："别人是'著书都为稻粱谋'，我是在为老妻谋！"原来，来先生的老伴儿住进了疗养院，每月需要支付数千元的费用，这对来先生来说是一笔不小的负担。来先生感叹说："现在文章也不好发。"朱先生笑答："来先生的文章怎么能不好发呢？"

　　朱先生的小孙女只有四五岁，很是活泼调皮，来先生很慈爱地拿出一盒十八街麻花送给她，哄她高兴。来先生说：到他这里来的小孩儿很多，他就多准备一些零食。从这件小事上，我感到来先生为人的周到。

　　中午，我们一起去百饺园吃饭，看到来先生家仍是简易的木质门，我说："您还是装一个防盗门吧，这样安全些。"来先生笑笑说："这样挺好，我天天唱空城计。"

　　这次见面，来先生给了我一张名片，名片的正面是毛笔手书的"来新夏"三个字，背面是通讯地址和家中的电话，除此之外，没有任何的前缀，不像有的人那样头衔一大堆，正面印不下印反面，让人不知道他究竟是干什么的。这枚小小的名片，也反映了来先生的自信、自尊和大家风范。

从此之后，我对来先生的印象有了根本的转变，我感到，这是一位方正、博学、勤勉的长者，可以给人许多教益，从此，我和来先生的交往也就多了起来。2002年早春时节，我单独去来先生家中，请他为我收藏的《近三百年人物年谱知见录》初版本签名，来先生很高兴，在扉页上题写道："运峰先生以拙作来请签名，余睹旧作，又喜知者入藏，记其缘由，以示谢意。"那个时候，来先生对我还不太熟悉，因此遣词用句都很客气。

2006年5月，我回到母校南开大学任教，转年夏天，我迁居南开大学北村，和来先生的家不足100米，从此，我便成了来先生书房"邃谷"的常客。

来先生虽然离开了教学科研的一线，但一点儿也没有闲下来。他除了修订几部大部头著作外，就是不停地写文章。从天津的《今晚报》、《天津日报》，到上海的《文汇读书周报》，北京的《中华读书报》，经常会出现来先生的新作。几乎每一年，来先生都会有一两种甚至二三种新书问世。很难想象，一位八旬老者，会比许多职业写手还要多产。这一方面缘自来先生学养深厚，另一方面则是因为由于来先生勤勉过人，除了读书和写作，来先生几乎没有任何的娱乐，他的大部分时间是在不足八平米的斗室——"邃谷"里，端坐在电脑前一个字一个字地敲着。有时去拜访他，他说："我刚刚写完一篇文章，你先看看。"

来先生博闻强记，许多文史掌故、名人轶事以及典章制度他都烂熟于心。我虽然读了几十年书，但对于社会交往中的许多老规矩还是一知半解，生怕用错，每当这个时候，就会请教来先生，来先生也总能给我满意的回答。2013年10月8日，王学仲先生去世。按照辈分，我应该称王先生为太老师，因为我的老师孙伯翔先生是王先生的大弟子，我应该算是王先生的再传弟子。为王先生送行那天凌晨，我写了一副挽联，在落下款时却犯了难，因为署"再传弟子"显然不大妥当，有自吹之嫌，但简单地署一个"晚"字又轻了一些，我翻了几种工具书，也没有找到答案，无奈之下只好给来先生打电话求教。那时还不到七点钟，来先生还没有起床。我知道这样很不礼貌，但由于给王先生送行的车辆八点钟就要出发，也只好如此。电话响了好一会儿，焦静宜老师接了，我也听到来先生低沉的声音："谁呀？"我先向焦老师表示歉意，焦老师说："没关系，我让来先生接电话。"我顾不上向来先生道歉，就直接向来先生请教，来先生问了一句："孙先生是王先生的亲传弟子吗？"我说："是！"来先生脱口而出："那你就署'小门生'。""小门生"这个称谓我还是第一次听到。一个难题在来先生那里顷刻就得到了解决，真不知道如何感谢来先生。

有一段时间，下决心搜集来先生的著作，结果发现这又是一个难题，因为种类太多了。每过一段时间，我就拿上几本新搜到的书去来先生那里，一是求教，二是请来先生签名。来先生总是说："这都是以前的东西，没多大意思，花钱不值得。"有时则说："这种书我还有存书，你张个口就可以给你，不用花钱买。"但我从未开口向来先生要书，我总觉得，主动去买师友的著作，是对人的尊重。尤其是对一位耄耋长者，是不能有太多的要求的。

在我搜集到的书中，有来先生早年的作品，来先生见到后，很是兴奋，往往会写上一段题跋，也顺便谈谈关于这本书的一些故事。2012年6月的一天，我在孔夫子旧书网上淘得一册《路与书》，这本书是1997年由中国青年出版社出版的，很不容易找到，我拿来给来先生看，来先生在书上写道："运峰得此书不易，心感其情，略缀数语以志书缘。"过了大约两个月，我又在网上买到了来先生早年编写的《第二次鸦片战争》，这是1956年1月由通俗读物出版社出版的，篇幅很小，仅11000字，用四号字排印，共28页。来先生看到这本书，笑着说："你可真有本事，这本书也能找到！"这本小册子原由江苏省南通市第三初级中学图书馆收藏，也不知道怎么就流了出来。这本书实在简陋，连扉页都没有，来先生只好在封二写了这样两行字："运峰雅藏。数十年前所作，久已难求，今运峰自网上得之，如见故人。"

2013年8月的一天，我拿着新买到的《天津近代史》来到"邃谷"。来先生先是在扉页上写了"运峰正"并签上了自己的名字，随后又向我透露了一个关于这本书的秘密。来先生是中国近代史专家，又长期生活在天津，因此，来先生是领衔主编《天津近代史》的不二人选。受有关部门的委托，来先生率领一个团队出色地完成了任务。这本近

30万字的著作1987年3月由南开大学出版社出版，总印数为五万册，这一印数在当下是很难想象的。来先生说，这本书本来是要印几十万册的，有关部门也拟好了文件准备向全市推行，但在为书名题字问题上产生了分歧。有关部门要请一位领导题写，来先生认为不合适，坚持请启功先生题写。那时候来先生是南开大学出版社的社长，主动权自然在来先生手中，但这也让有关部门很不高兴，于是撤销了文件，不再推行此书。我笑着对来先生说："您干嘛那么认真，有些人还求之不得呢？"来先生也笑着说："我当时也是'冒傻气'，可是积习难改。"说完，来先生又在这本书的扉页上写了这样一段话："是书撰于1987年，距今近三十年，印行五万册，可称一时之胜。实则大可畅行，以该书本为官方委托，一纸公文自当风行一时。惟书成，余不识政俗，婉拒权要署签，（官方）遂撤除文件，至今已难求一册。运峰喜书，淘得一册，为志其密，亦书林以佳话也。萧山来新夏又及，时年九十一岁。"

来先生很乐意和我聊天，并希望我能为他的《近三百年人物年谱知见录》做续补的工作，每当见到这方面的资料，他都会交给我参考。

这几年，来先生出了新书，都会打来电话："运峰，你在天津吗？"当我回答"在"时，来先生就说："你来一下，有一本书给你。"放下电话，我会在十分钟之内赶到"邃谷"。就在今年，我还得到了来先生的三本新著，一是《古典目录学》，一是《旅津八十年》，还有一本《太史公自序注释》的抽印本。

今年春节，我去给来先生拜年，来先生很高兴地告诉我，他的文集已经由广东人民出版社发排，共有1000多篇文章，400多万字，分成了六大卷。我说："您真是高产！"来先生说："我也不知道怎么写了这么多。"来先生还说："我还可以写几年，给我操持出文集的朋友说，等我一百岁的时候，再出一部续编，不知还能不能活到那个时候？"我说："没有问题，您的精神很好，身体没有大毛病，一定能过百岁。"来先生笑笑说："试试看吧！"

2月27日下午，我去给来先生送载有我写的《来新夏先生赠我〈朴庐藏珍〉》的样报，来先生说准备把去年在问津书院讲的"袁世凯与天津新政"修改成一篇论文，让我帮他搜集一些资料，以便注明来源和出处。因为我以前帮他找的那些资料不知道放到哪里去了，我请来先生放心，尽快交给他。来先生说："那就麻烦你了。"

3月3日上午，我外出办事，手机响了，是一个陌生的号码，我接通后，传来一个苍老而且略带沙哑的"喂"的一声，我问："哪一位？请讲。"电话却断了。过了一会儿，这个电话又打了过来，原来是焦静宜老师，她说："刚才是来先生打电话，不太会用手机。"焦老师告诉我，来先生住院了，特意嘱咐我有关袁世凯和天津的资料先不忙找。我忙问来先生怎么样，焦老师说，不要紧，就是感冒。我说，请来先生好好休息治疗，过几天我去看他。

3月9日上午，和王振良兄通话，顺便提到来先生，振良说，来先生的情况不太好。原来，来先生由感冒引起了肺炎，又由肺炎发展到心衰，被转移到了重症监护室。当天下午四点钟，我来到总医院干部病房探望来先生。病床上的来先生眼睛微闭着，身上插了许多管子，假牙已经摘了下来，脸颊深陷，头发也有些乱，没有了昔日的风采。焦静宜老师轻轻地呼唤他："来先生，刘运峰看您来了，你知道吗？"来先生依然没有反应。我默默地站在来先生的旁边，看着昏迷中的来先生，心里有一种不祥的预感。毕竟，来先生已经是九十多岁的老人了，是很难经受这样的折腾的。

但我仍然祈盼着奇迹的发生。每当经过来先生的楼下，都希望看到"邃谷"的灯光再度亮起来，但是，连续二十多天，"邃谷"依然没有开灯。

3月31日下午五点来钟的时候，王振良兄突然来到我的办公室，我第一句就问："来先生怎么样？"振良说："来先生下午三点十分走了。"虽然在心理上有一些准备，但还是感到有些突然。我和振良静静地坐着，谁也没有说话。

听焦静宜老师讲，来先生走得非常安详，没有丝毫的痛苦，这是来先生的福分。在他人生的最后十年，在焦静宜老师的精心照料和协助下，来先生基本做完了他要做的事情，他的二十余种著作都是在近十年完成的，来先生实现了他"有生之年，誓不挂笔"的承诺，也创造了年过九旬依然笔耕不辍的奇迹。来先生应该是没有遗憾了，走得坦然，欣然。

很久以前，就想求来先生一幅字，来先生也答应给我写，但又说："我的字不行，没有下过功夫，拿不出去。"我对来先生说："您不用谦虚，您的字很有法度，属于温柔敦厚一路。"来先生才告诉我，年轻时曾临过《北魏张黑女墓志》，后来大多用钢笔，写毛笔字的机会就少了，上了年纪，手总是打颤，就更写不好了。我曾劝来先生多写写毛笔字，甚至私下里认为他可以少写些文章，多写字，因为写文章需要脑力，写字对老年人来说，则是很好的休息方式。但来先生的"文债"实在是多，约稿的，求序的，应接不暇，来先生也有些不堪其苦，但也无可奈何。我每次去来先生那里，都想提求字的事情，但看到来先生实在太忙，写字又需要做许多准备，就没有再提这件事，总以为还有机会，没想到却成了永久的遗憾。

2014 年 4 月 17 日，南开园

平生一面记音容

——忆陶继侃先生

　　1991 年 10 月，我由天津财经学院调到天津市财政（税收）科学研究所工作不久，就遇到天津市财政学会换届，领导让我参与筹备工作，就在那时，见过陶继侃先生一面，也是唯一的一面。

　　天津市财政学会照例要有高校的教师参与。1991 年 11 月 4 日下午，我和两位退休不久的老同志来到南开大学北村，拜访了原财政系主任杨敬年先生，杨先生说，自从 50 年代南开大学财政系停办之后，就不再搞财政学了，近年主要是研究西方发展经济学。杨先生说，国际经济系的陶继侃先生这些年一直在研究西方财政学，出了不少成果，建议我们去找陶先生。

　　陶继侃先生也住在北村，他住的这幢楼刚刚竣工，空地上还有很多砂石料没有清理，陶先生刚刚搬进来，屋子显得有些空旷，也有些杂乱。陶先生很客气地招呼我们坐下。我是小字辈，插不上话，就坐在旁边观察陶先生。陶先生身材比较高，头发稀疏，虽年近八旬，但面色红润，精神很好，使人感到这是一位善于保养的老先生。他说话声音不高，语速很慢，平和而从容。当两位老同志向他说明来意请他担任财政学会顾问并出席换届大会时，陶先生很谦和地说：自己年纪大了，手头还有很多工作要做，就不当顾问了，会也就不参加了。陶先生看我坐在旁边一直没有说话，就转过身问我叫什么名字，现在做什么，我一一回答，并说自己是四年前从南开大学政治学系毕业的，陶先生说："那很好，政治学和财政学有很多联系。"我就问陶先生最近在忙什么，陶先生说，主要是带研究生，还有就是刚刚完成了一本书，已经交到出版社，并说："等书出来后送给你。"我们临告别的时候，陶先生递给我们每人一张名片，名片上方是"南开大学国际经济系教授"，中间是楷体的"陶继侃"三个字，最下方是通讯地址和电话，除此之外，再也没有任何的头衔。这张名片，我一直珍藏着，但从此也就没有再和陶先生联系。•

1992 年 5 月，陶先生的专著《当代西方财政》由人民出版社出版。单位的资料室很快买到了，这大概就是陶先生所说的那本书。虽然陶先生说过要送给我一本，但我也没有找陶先生要书。

有一段时间，我对政府经济学很感兴趣，想在这方面做些积累。有一次和天津财经学院的王维舟教授闲聊，他说："你可以看看陶继侃教授的那本《当代西方财政》，人家那本就是不一般。"我连忙从资料室借出来，很认真地读了一遍。这本书和以往的财政学最大的不同，就是它不是从分析财政的本质以及财政关系入手，而是从市场失灵所引起的政府干预出发，论证财政的功能、财政支出、财政收入以及税收体系等。从这本书里，我第一次了解了财政调控的乘数效应、供应学派、洛伦茨曲线、基尼系数、拉弗曲线等以前闻所未闻的概念和知识点，真有茅塞顿开之感。陶先生的这本书，也可以说是我学习现代财政学的入门读物，尽管其中的有些内容我还不能完全理解。因此，对于和陶先生那次见面的印象也就愈加深刻。我眼前也时常浮现着

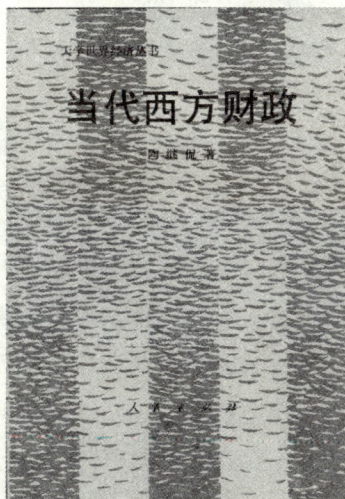

陶继侃先生书影

陶先生的身影和音容。

做梦也想不到，我竟然成了陶先生的邻居。可惜的是，陶先生已经不在了。

2006年，在获得博士学位不久，我调回母校南开大学任教。转年，我买了北村的一套房子，是一个三楼。

距拜访陶继侃先生，已经过去了 16 年，北村的变化很大，很难找到当年的痕迹。在我装修房子的时候，老楼长为我介绍这里的住户。他说，一楼是陶继侃先生，但已经在几年前去世了，陶先生的夫人住到了大连的女儿家。啊？我吃了一惊，原来这就是我 16 年前来过的那所房子，就是在这里，我见到了陶继侃先生！

我很想到陶先生的家里看看，但门一直锁着。每当我从陶先生门前经过的时候，就不禁想起那次会面的情景。

听知情人讲，陶先生是 2002 年的早春去世的。那年的春天很冷，同楼的一家由于装修，擅自关掉了暖气的截门，由于室内温度骤然下降，陶先生感冒引起肺炎，很快就去世了。本来，陶先生的身体很好，如果没有这次变故，享高寿是完全可能的。很多人都为此事抱不平，主张追究对方的责任，但陶家人一向谦和厚道，这件事也就不了了之。

过了很长时间，陶先生的长子陶庆泰先生从美国回来，我们相互打过招呼，我对他说起以前和陶先生的一面之缘，并问陶先生的那本书是否还有复本，我想收藏一本作为纪念，庆泰先生很客气，答应找找看。

一晃又过去了将近两年的时间，庆泰先生回国休假，居委会有一份通知要我转交庆泰先生。晚饭后，我来到庆泰先生那里也是当年我曾经到过的地方，庆泰先生说："你要的那本书找出来了。"说完拿出一个纸包，里面有两本书，一本是陶继侃先生的《当代西方财政》，另一本是陶继侃先生和张志超教授共同主编的《当代西方国家税收》。看到这两本书，我感到非常亲切，又仿佛见到了当年的陶先生。

我虽然早已告别了财政、税收的研究，但这两本书我要好好地珍藏着，看到这两本书，就会记起平和而从容的陶继侃先生。

2014 年 5 月 11 日

往事寻踪

一本保存至今的大学课本

　　课本的最大用处就是应付考试，一旦考试通过，它的价值也就近乎消失。毕业之后，如果不从事所学的专业，课本简直就成了累赘。我在大学期间用过的几十册课本和参考书大多已当作废纸处理掉，保留下来的，已寥寥无几，其中，就有一本《先秦政治思想史》。

　　那是在 1985 年的下半年，我们要学习"中国古代政治思想史"这门课，指定教材就是刘泽华教授的《先秦政治思想史》。这本 600多页的书，当时的定价是四元二角。现在看起来，简直便宜得不可想象，但在当时，这本书在课本中的价格却是最高的。对于一个完全依靠父母供养的穷学生来说，要买这本书并不是件容易事儿。在四年的大学生活中，我经常为了买书、买宣纸、

刘泽华教授书影

买石料而囊中空空，翘首企盼着父母的汇款。所以，在当初，我和许多同学都没有买这本书。

事情也真是凑巧，主讲这门课的正是刘泽华教授的高足葛荃老师。葛老师口才极好，对此书推崇备至。他不断地称赞这本书，也就不断地吊我们的胃口。终于，我再也忍耐不住，决定要把这本书买下来。恰好，十月中旬，学校组织义务献血，我积极报名参加。献血后我得了 70 元的营养费，顿时成了"富翁"。当天下午，我就到南开书店买了这本书。

我读书大多是有始无终，而唯独这本书，却是从头到尾地读完了，有些章节读了还不止一次。期中考试的时候，我受这本书的启发，写了一篇小论文，题目是《孔、孟、荀政治思想核心之比较》，葛老师给了我最高分。这本书，与其说是一本教材，倒不如说是一部质量上乘、前无古人的专著。因为这是刘泽华教授十年积累、五载笔耕的结晶。隽思妙语、智慧火花在书中随处可见，是那些通篇陈词滥调、毫无特色的"标准教材"所不能望其项背的。

可惜的是，我在毕业后，为住房吃尽了苦头。因为房间太小，许多书都堆到了床下，其中也包括这本《先秦政治思想史》。有一次暖气管破裂，房间进水，床下的书全部被水浸泡，这本书也在劫难逃。因没有及时晒干，书上有不少发霉的痕迹。尽管如此，我还是不忍心把它处理掉。虽然我的兴趣爱好和职业离先秦政治思想史越来越远，但我仍将它放在案头，不时地翻翻，藉此来回忆南开园那段美好的时光，同时也记住所经历的那段艰难的日子。

1998 年 5 月

对老师，我们永远心存感激

——政治学系师生聚会感言

从 1987 年毕业到今天，我们已经离开母校 12 个年头了。如果从我们入学时算起，我们与母校结缘已经有 16 个年头了。

16 年来，我们从一个风华正茂的学子走向了逐渐成熟、逐渐沉稳的中年。

16 年来，我们经历了社会的风风雨雨，品尝了生活的苦辣酸甜。我们有过痛苦，有过挫折，有过徘徊。但是，生活的艰难没有使我们畏惧和退缩，社会的风雨没有使我们沉沦和堕落。

16 年来，我们不自暴自弃，不自馁自怜，而是在不同的岗位上耕耘、劳作、奋斗，之所以如此，就在于我们从老师们的人格、知识、精神、风范中汲取了无穷的力量。所以说，生我者父母，育我者老师。

16 年来，我们深深地体会到，世界上只有两种感情是无私而伟大的，一是父母对于子女，而是老师对于学生。前者关乎生命的延续，后者关乎知识的传承。所有的父母都希望自己的孩子超过自己，所有的老师都希望自己的学生超过自己。

在每一个人的心中，也都有一份共同的情感——世界上有两种人永远不能忘记，那就是父母和老师。

16 年来，我们从老师们那里得到的不仅仅是知识，更多的是做人做事的道理。认认真真做事，堂堂正正做人，永远是我们工作、学习的准则。

在南开大学 80 华诞到来之际，我们回到母校，师生欢聚一堂。万语千言，也无法表达我们对老师的感激、敬仰之情。我们今天奉献给老师们的，只是一幅并不完美的字轴，上面写着"风泽桃李，雨润杏坛"八个字，这八个字是我们对敬爱的老师表达的一份情意，可谓礼轻人意重，言少真情多。

我们衷心祝愿法政学院政治学系蒸蒸日上，硕果累累，日新月异，桃李芬芳。我们衷心祝愿各位老师身体健康、精神愉快、阖家幸福、万事如意。我们一定不辜负老师的期望，在各自的岗位上作出我们的贡献。

1999 年 6 月

我给曹禺先生写字

20 年前，我有幸见到了文学大师曹禺先生并给曹禺先生献上了自己的一幅字。

1985 年 10 月，南开大学举办"曹禺诞辰七十五周年暨戏剧活动六十年学术讨论会"，在讨论会的闭幕式上，有一项全体同学向曹禺先生赠送礼物的内容，就是当场向曹禺先生献一幅字。于是，学生会就把这一任务交给了书法社。我当时担任书法社的社长，这一任务也就自然落在了我的头上。

在南开大学，书法社的历史很长，在众多学生社团中是一个很活跃的团体，虽然当众写字对我来说并不陌生，但一想到要当着曹禺先生的面写字，不免有些紧张。

闭幕式的地点在南开大学行政楼一楼的会议室。大约是晚上七点钟，曹禺先生在女儿万方的陪同下来到了会场，大家都站起来鼓掌欢迎。曹禺先生身材不高，步履有些迟缓，穿一件中山装，非常普通，一点没有名人的架子和派头。一同来到会场的，还有学校的领导和范曾、于是之、夏淳、刘厚生、孔祥玉等艺术家。

给曹禺先生写字现场。右起刘厚生、于是之、曹禺、王大璟。

闭幕式是由来新夏教授主持的。来教授风度翩翩，声音洪亮。他没有拿讲稿，却很全面地向大家介绍曹禺先生和他的艺术成就，话语典雅，要言不烦，令人非常佩服。然后，来教授又一一介绍在主席台就座的嘉宾，在介绍到曹禺先生的女儿万方时，来教授说："这位是万方小姐，曹禺先生的令爱。"这时，曹禺先生插话说："令爱就是小丫头的意思。"在场的许多人都笑了。

随后，是几位领导和嘉宾的致辞。在会议快要结束的时候。来教授说道："曹禺先生对南开有着很深的感情，南开的同学们也非常爱戴曹禺先生。曹禺先生明天就要回北京了，同学们要送给曹禺先生一件礼物作为纪念。送什么呢？同学们决定送给曹禺先生一幅字，来表达对曹禺先生的热爱。自古以来就有'秀才交情纸半张'的说法，因此，给曹禺先生送一幅字就是最好的礼物，下面，就请我们书法社的同学当场来书写。"来教授说完，大家开始鼓掌，我来到主席台前，铺好毛毡，做书写前的准备工作。当我开始书写的时候，始终坐在主席台上的曹禺先生站了起来，他的腿脚显然有些不大方便，需要借助拐杖。

看到曹禺先生站了起来，主席台上的嘉宾也都站起来看我写字。这固然是对我的鼓励，但也增加了我的紧张。

我代表南开大学的全体同学给曹禺先生写了四个大字："琴心剑胆"。之所以写这四个字，主要是出于对曹禺先生高尚人格的敬仰，同时，这四个字也暗含着曹禺先生两部作品的剧名：《王昭君》和《胆剑篇》。《胆剑篇》自不必说，我曾见过一幅王昭君抱琴出塞的画，也算是和"琴"字贴边。

我写完之后，盖上图章，双手捧上，献给了曹禺先生。曹禺先生双手接过，紧紧握着我的手，说："谢谢，谢谢"，然后才坐下。

很感谢学生会的一位同学，他把曹禺先生看我写字的场景摄入了镜头，成为我永久保存的一张珍贵照片。照片上的我，身体前倾地低头写字，显得有些紧张，曹禺先生则神情专注，眼睛里含着一种对晚辈的慈爱。这张照片，曾在学校的橱窗里展览了很长时间。

20 年过去了，曹禺先生离开这个世界也将近 9 个年头了。但我总觉得，20 年前的那个晚上依然如同昨日，是那样清晰，那样美好。

书房梦

据说，在外国，很少人有专门的书房，在他们看来，卧室、车库、阳台、花园，无处不可以读书。有些书是随看随扔，难怪外国的许多小说除了一张铜版纸的漂亮封面，内文几乎全是由再生纸印刷的，定价低廉，便于携带，看完扔掉也不觉得可惜。

中国则不然。

中国的读书人把读书看得过于神圣。"万般皆下品，唯有读书高"的迂腐观念就不必说了。千百年来，广为流传的"书中自有黄金屋，书中自有千钟粟，书中自有颜如玉"，"红袖添香夜读书"，"雪夜闭门读禁书"等陈词滥调让无数的读书人神魂颠倒，如醉如痴。与之相伴的，是有许多人在努力营造一间自己的书房，并为书房起一个风雅的名字，美其名曰斋号。其实，这些斋号大多有名无实，真正拥有书房的人并不是很多。

我未能免俗，一直盼着有一间书房。但是，在一个有着一千多万人口的大城市，居住都是大问题，拥有一间书房，谈何容易。

我从参加工作到拥有一间自己的书房，期间经历了近三十年。

刚参加工作的时候，是住两人一间的单身宿舍，属于我自己的，仅仅是一张用两块木板搭起来的床铺和一个木箱子。晚上，我伏在箱子上读书、写字，有限的几本书就放在箱子里。冬天，我和同事合买的几百斤煤球就堆在屋角，做饭都在自己的宿舍里。书房对于我来说，是十分遥远的事情。

后来，我考入大学读书，除了课本，我还买了一些自己喜欢的书。大学毕业的时候，我已积攒了二三百本书。我幻想着分配工作后很快能有一间属于自己的房子，好让这些书不再受委屈，能够整整齐齐地站到书架上，顺便，也可以为这间房起一个名字。但，现实很快就让我的梦破灭了。在20世纪80年代，住房的分配原则是论资排辈，很少考虑人们的实际需要。我所在的单位对于刚刚毕业的大学生分房条件格外苛刻，除了年龄，还有什么工龄、校龄、职务、职称等条件。这些，年轻人不占任何优势，在三五年内与住房是无缘的。总算是领导的同情和照顾，在儿子满一周岁的时候，我终于分到了一小间住房：十二平方米，阴面，两家合住。现在的年轻人，可能不知道"伙单"这个概念了。所谓"伙单"，就是由单位把两家甚至三家没有任何亲缘关系的人强行分配在一个单元房内。住在"伙单"里，冬天还好对付，夏天简直就无法忍受。每逢盛夏，妻子和儿子睡床上，我在水泥地上铺一张凉席，躺下去，能清楚地感到汗水在一串串地流淌。那时，才真正体会到了水深火热的滋味。尽管如此，我还是在有限的空间内放了一张写字台，两个书架，并给这间多功能的房间取了一个斋号——"宁静斋"，取"宁静致远"之意，同时也是希望自己的生活安宁和平静。

孩子越来越大，书也越买越多，空间越来越小。但改善住房条件依然没有希望，我无法再忍受下去。于是，当几位师友推荐我去一家机关工作时，我几乎未加考虑就答应了下来。因为，那里能很快分到房子。

大约过了两年多的时间，我在那家机关分到了房子。这是坐落在市中心的一套老房子，里外两大间，各有18平方米。尽管在许多人看来，这套房子过于破旧，而且没有暖气和独立的卫生间。但我却非常满足，如同发了一笔横财似的高兴。我做的第一件事就是到一家即将改行的书店买了5个顶天立地的书架，摆满了外间一面墙。书籍全部上架后，颇为壮观，以至原住户的一位来访者误认为这里改作了图书馆。

这套房子是新中国成立后盖的简易房，我所住的三楼原是露台，1976年地震后盖成了房子。虽说不够坚固，房顶上经常掉灰渣，夏天还经常漏雨，但我依然很满足，由于是顶层，又恰好想到王维的"行到水穷处，坐看云起时"的诗句，于是命其名为"看云斋"，并请孙伯翔先生用宫廷蜡笺纸题写了一个匾额。

在"看云斋"，我度过了将近四年的时光。在那里，我读了不少书，开始发表一些作品，书法也有一些提高。由于地处市中心，朋友们到市里办事，顺便就到家里喝茶聊天。回想起来，那段时光是颇为愉快的。

但"看云斋"仍不是一间真正的书房。它的门口恰好对着楼梯，出来进去都要经过这里；冬天，还要在这间房内点炉子取暖；吃饭、会客也要在这里。另外，它也是儿子的卧房，当作书房有许多的不方便。

后来，单位又为我调换了两次住房，面积越来越大，设施越来越好，但仍旧缺少一间书房。我不得不把客厅、卧室当作书房。没有一间独立的书房，成了我的一块心病。有一段时间，我曾动心想买一套三居室的房子，就要在签合同的时候，我又打了退堂鼓，生怕负担不起高额的债务。

但我终于有了一间自己的书房。

2006 年春天，在获得博士学位后不久，我回到母校南开大学任教。我用学校给我的住房补贴和自己的积蓄，加上一部分贷款，买下了一套三居室的房子。这套房子地处幽静的南开大学北村，正前方是花园绿地，光线非常好。在这里，可以春看垂柳，夏观荷塘，秋望归雁，冬赏残雪。我把最小的一间专门辟作书房，面积虽然不大，却是一间真正的书房。在书房里，除了一桌一椅，就是两面墙的书柜。书柜的顶部也放满了书，一直到天花板。在这间书房里，大约有六千册的图书，使用起来非常方便。鲁迅著作的各种版本伸手可及，"二十五史"随叫随到，大百科全书整装待命，中外名著召之即来。在这里，我可以仰天啸傲，可以俯首吟哦，可以左翻右找写讲义，可以关起门来读异书，堪称无拘无束、自得其乐的所在。

当秋风萧瑟，万木凋疏的时候，我可以看到马蹄湖中枯而不衰的残荷。马蹄湖，是南开园最美的地方，是我和妻子经常散步的地方，也是我讲课必须经过的地方，因此，我将书房名之曰"望湖轩"。

2008 年 7 月 26 日，望湖轩。

一曲刚毅坚卓的颂歌

——观话剧《我的西南联大》

随着南开大学九十年校庆的临近，我格外留意有关南开和西南联大的事情。几乎每一天早晨，我都会散步到大中路西头的"国立西南联合大学纪念碑"前，高声朗读冯友兰先生撰写的碑文。每当朗读的时候，就不免心潮澎湃，热血沸腾，感情不能自已，常常热泪盈眶。我经常给同学们讲，从这 1134 个字的碑文中，我们可以体会到什么是艰苦卓绝，什么是坚忍不拔，什么是不屈不挠。我也曾用了一周的时间，将碑文用工楷抄录到一个装订好的宣纸簿上，时时诵读，激励自己不断进取。

正在这个时候，云南省话剧团带着刚刚排练完成的《我的西南联大》来到了春天里的南开园，为南开大学建校九十周年带来了一份厚重的礼物。

因此，当我看到《我的西南联大》的演出海报时，就提醒自己，无论多忙，也一定去看。就这样，在 2009 年 4 月 25 日晚上，我来到了演出现场。

很久没有见到过这样的场面了：剧场内座无虚席，从年届耄耋的长者到青春焕发的学子，大家都早早来到剧场，等待着一场话剧的开演；演出中，观众屏气定神，寂静无声；当全体演员谢幕的时候，大家掌声雷动，久久不愿离去，仿佛演出还没有结束。

《我的西南联大》剧情并不复杂，场景也很简单：平津沦陷之后，以沈谦之、王庆三为代表的一群不愿做亡国奴的知识分子经过长途跋涉，来到西南重镇昆明，在新组建的西南联合大学中克服重重困难，传道授业，求学求知，弦歌不辍，担负起延续中华民族文化血脉的使命。沈谦之教授的夫人唐若茵在伪华北政务委员会教育总署督办周作人的"关照"下，离开北平，千里迢迢来到昆明与丈夫、儿女见面。看到那里的艰苦生活，沈夫人痛苦万分，坚决要求沈谦之和他们的一双儿女离开这里，去过平静而安定的生活。沈谦之拒绝了，继续在忍饥挨饿中恪守教师的职责；他们的儿女也拒绝了，儿子靠繁重的体力劳动勤工俭学，女儿义务为美国空军担任翻译。一件件感人肺腑、催人泪下的事迹使得沈夫人留了下来，同大家一起坚持等待抗战胜利的到来。在这条主线中，穿插着沈谦之和董嘉良两位教授之间为了"争夺"得意门生王庆三而展开的"斗争"，穿插着杨吉衡放弃读书毅然参军报国的抉择，穿插着沈谦之为盐商的父亲写与不写墓志铭的内心矛盾。这些矛盾和斗争，实际是一种在生与死、义与利、荣与辱、公与私之间所作出的艰难的抉择。

这一抉择是对一个人人格的考验，是对一个人精神的洗礼，也是对一个人操守的测试。艰难的抉择净化了人的灵魂，升华了人的境界：嗜书如命的沈谦之教授宁愿挨饿甚至宁愿放弃购买珍贵的藏书，也坚决拒绝盐商的高额回报；为了发展中国的核物理研究，早日战胜德意日法西斯，沈谦之教授将王庆三郑重"转让"给自己的"对头"何笑谷教授；也同样为了保存难得的科学人才，沈谦之让自己的独子沈天鹏代替王庆三投笔从戎，最终战死疆场。

艰苦卓绝的社会环境完成了一所大学精神的塑造，这就是不屈不挠、刚毅坚卓的西南联大精神。在"万里长征，辞却了五朝宫阙。暂驻足，衡山湘水，又成离别。绝徼移栽桢干质，九州遍洒黎元血。尽笳吹，弦诵在山城，情弥切"《西南联合大学校歌》的乐曲声中，我们见证了一所中外教育史上奇迹的诞生。

古人云："艰难困苦，玉汝于成"，又云："生于忧患，死于安乐"。小到一个个体，大到一所大学，一个国家，其精神的养成，往往是在经历了千辛万苦之后。西南联合大学所继承的，正是"富贵不能淫，威武不能屈，贫贱不能移"的顽强豪迈的大丈夫风范，正是一种矢志不渝、坚忍不拔的民族精神。它所延续的，也正是这样一种气节，一种情操，一种道义。

一所大学之所以能受到海内外的推崇，能受到万千学子的热爱，能产生一种永恒的凝聚力，靠的往往不是豪华的大楼、先进的设施，而是一种坚韧的精神，一种平实的风范，具备了这种精神，这种风范，就可以抵御各种各样的诱惑，就能够固守底线，勇往直前。即使在简陋的教室里，也可以做试验，搞研究，即使在不绝于耳的警报声中，也可以传道授业，也可以读书思考，从而担负起天下兴亡的重担。

抗日战争已成为历史，西南联大已成为过去，但是，在伟大的全民族抗战中所形成的刚毅坚卓的西南联大精神永存。

我们所要继承、延续和发扬光大的，正是这样一种精神。

政治学系八三级

20 多年前，来自四面八方的 40 个青年人汇集到南开大学，组成了一个班集体，从此，这个班集体便有了一个响亮的名字："政治学系八三级"。从那时起，也便有了我们的风流倜傥，我们的潇洒不拘，我们的如歌岁月，我们的往事如烟。

那时的我们，没有就业的压力，甚至也没有考试的压力。当时，大学生还算是凤毛麟角，用人单位抢着要。而且，学校也没有通过外语四、六级以及计算机若干级考试的硬性规定。这倒给大家提供了一个展示才华、张扬个性的机会。在我们班里，有书法社的社长，有校刊的记者，有乐队的第一小提琴手，有堪与李双江媲美的男高音，有食堂的监督管理员……总之，群贤毕至、人才荟萃。

大家都很有抱负，以天下为己任，大有振兴中华，舍我其谁的豪情。有两位同学，决心以周总理为榜样，每天都要到马蹄湖中央的周总理纪念碑前凭吊，激励自己奋发向上。

在学习上，大家除了啃书本，就是开展激烈的争论。思想活跃、性格开朗的青年老师都是我们宿舍的常客。我们不知天高地厚地谈论古今中外，对什么事情都有兴趣，对任何事情都试图找到新的答案。平日，把亚里士多德、黑格尔、汉密尔顿、萨特、戴高乐、尼克松等

政治学系宣传组成员合影。
左起：崔贵奇、邓晓宇、张津生、赵利军、刘运峰、张德伦

等挂在嘴边；写作业、做论文也尽挑大题目。就连《论分权》、《论存在》、《论卢梭与法国大革命》、《孔、孟、荀政治思想之比较》这样的题目都敢涉足。可是，老师不仅不批评我们好高骛远，而且还和我们一起讨论，帮助我们修改，这更加助长了我们的目空一切。当然，也增强了我们的信心和勇气。

毕宏伟口才极佳，又长于思考，总是以哲学家自居，对西方哲学史情有独钟，几乎见到哲学书就买，不管能不能看懂；他遇到哲学讲座就去听，也不管能不能听懂。他到处找人辩论，辩论当然没有什么结果，但很多外系的同学都知道政治学系的毕宏伟最喜欢哲学。他志向高远，声称一定要写出一本个人的哲学著作，超过世界上所有的哲学家。

黄新皖来自湖南，身材娇小，每次外出，便找男同学借自行车。有一次遇到危险，她把自行车扔在一旁，自己重重摔在地上，造成了轻微脑震荡，好长时间才恢复。她酷爱文学，经常写一些诗歌、随笔，每次聚会，都少不了她用湖南腔的普通话朗诵的诗歌。她最喜欢日本作家井上靖的诗，经常朗读，因此，刘智刚送了她一个"井上靖"的外号，大家一起打排球，刘智刚也往往高呼"井上靖，来一个！"她也是一个坚持独立思考的女孩子。一次哲学原理考试，她坚决不按课本上的原理回答，而坚持用自己的观点，这在当时是不允许的，为此，害的朱英瑞老师做了她好几次思想工作，才勉强过关。

我们成立了政治学研究会，外聘顾问，自任会长，也欢迎外系的同学加盟。尽管没有太大的规模，而且也没有一分钱的经费，但我们却搞得有声有色：我们自己编辑刊物，自己刻蜡版，自己油印，自己散发，刊物的名字也很响亮：《飞鸣》，取"不飞则已，一飞冲天；不鸣则已，一鸣惊人"之意。我们埋头于图书馆，编写《政治学研究资料索引》，得到许多位老师的肯定，主管教学的副系主任李晨菜老师和教我们政治学概论的王世铮老师夸奖我们取得了可喜的成果。

我们所学的专业虽然与艺术无关，但却在全校搞起了"政治学系艺术节"：搞书画展览、办文艺晚会，请关山、孔祥玉这样的"大腕儿"举办讲座、现场演出，而且不花一分钱。最出风头的，是我们自编、自导、自演了话剧《觉悟》，而且，自己做道具，自己画布景，自己打灯光，自己放音响。英俊潇洒的应伟扮演周翔宇，苗条秀丽的蒋建荣扮演邓文淑，老成持重的刘智刚扮演马千里，憨厚朴实的李振宇扮演于方舟，聪明干练的毕宏伟扮演马俊，幽默诙谐的李勃扮演杨以德……演出那天，南开小礼堂内座无虚席，鸦雀无声，演出结束，场下掌声雷动，幕布后的同学们却抱头痛哭，因为，大家太激动了，也太辛苦了。随后，我们又演出了好几场，每次都是爆满，连校长都来观看。

那时候，有的是热情，有的是精力，有外地同学提到没有见过大海，本市的同学便自告奋勇说："那好办，我带你们去！"一下子便集合起二十多人的队伍，坐车去太贵，干脆，骑自行车去！于是，星期天一大早，带上面包和水壶，浩浩荡荡向塘沽进发，虽然没有看到真正的大海，但能在泥滩上捡几枚毫无特色的贝壳也觉得很满足。代价是精疲力竭外加裆部磨破的一层皮，以至于很长一段时间见到自行车就发憷。

天安门前的合影。前排左起：李振宇、李渤、伍光宁、靳建新；

后排左起：徐世强、刘智刚、张立顺、栾慧明、刘运峰

　　精力实在无处释放了，便开始淘气：一天中午，刘毅把一个很厚的玻璃药瓶放在地上，说："我能一脚把它踩碎。"张德伦说："我不信。"刘毅便说："不信咱打赌，我要踩碎了你请客。"张德伦也不示弱，说："请客就请客。"话音刚落，那边一脚就下去了，瓶子碎了，刘毅赢了，但碎玻璃扎破了他的泡沫底凉鞋，刺进了他的脚心，顿时血流如注，一屁股坐在地上。张德伦吓坏了，赶紧背他下楼，用自行车带他奔向卫生院。骑车的满头大汗，坐车的呲牙咧嘴。到卫生院后，医生赶忙清洗、取出碎玻璃、缝合、包扎、注射。之后呢？刘毅拄了一个月的拐上课，但仍不忘让张德伦请客。

　　李占通有早睡早起的好习惯，同宿舍的应伟则是"夜猫子"，两人经常为关灯开灯发生争执。应伟说不过人家，便想出了一个损招儿，待到李占通进入了梦乡，便小心捉两只蚊子塞进他的蚊帐，不一会儿，李占通就被叮醒了，于是在睡眼惺忪中一边拍打，一边自言自语："蚊帐没口呀，哪来的蚊子？"应伟实在忍不住了，"扑哧"笑出了声，于

我们的毕业照

在圆明园遗址的合影

毕业二十年再聚首。左起：张津生、赵利军、陈江洪、贾维忠、应伟、蒋建荣、刘进荣、刘运峰、刘建启、毕宏伟、刘兴云

是挨叮的跳出蚊帐，大骂"混蛋"，既而挥拳相向，立即爆发一场"战争"，直到打累了，闹乏了，才各自上床睡觉。

李振宇失恋了，便猛学抽烟，借此消愁。一天晚上，我正在五楼的教室自习，他神情紧张，脸色蜡黄，推开门对我招了招手，我赶紧出去，他说："我不行了，快救我！"说完便蹲在地上，我吓坏了，赶紧搀着他下楼，去医务室挂急诊。大夫给他检查了一下，说："不要紧，别再抽烟了。"后来我才知道他这是"醉烟"。虽然差一点发生危险，但他却从此加入了烟民的行列。

张津生年龄最小，人称"八弟"、"小八"，他天分极高，但过于懒散，经常睡懒觉。每到新年开联欢会的时候，他都要大哭一场，为虚度光阴而懊悔。表示一定"痛改前非"，他也真的付诸行动，发愤用功，但没过多久，就又开始睡懒觉。因此，到了新年，便又是一场痛哭。他绝顶聪明，博闻强记，许多古诗文的名篇名句，往往脱口而出。他也经常写一些"歪诗"，或自我解嘲，或调侃对方。一次我们从 15 宿舍搬到 13 宿舍，原来的宿舍要进驻法学系的女同学。张津生临行前赋诗一首，其中有"昨夜床头栖好汉，今宵榻上睡红颜"的"名句"。

南开的许多活动，都少不了我们政治学系八三级同学的参与，即便周末晚上的舞会，我们的几位同学也义务维持秩序。有一次，几个校外的小混混来捣乱，我们的同学挺身而出，双方动起手来。那几个小混混不是对手，落荒而逃，但邓晓宇的门牙却被打掉一颗，我们带着他急奔总医院，大夫问："牙呢？"我们说："掉地上了。"大夫说："找去！"于是又赶忙跑回学校，打着手电满地找邓晓宇的那颗门牙。

20 多年过去了，我们这 40 位同学，天各一方，已经很难聚在一起了。但大家都彼此惦念着，因此最盼望外地的同学回来，这样就多了一次相聚的机会。

九十周年校庆快要到来了，很多同学都会回来母校相聚，到那时，大家就又可以喊对方的外号，讲对方的"段子"了。

难忘高教书店

借用"80后"同学经常挂在嘴边的两个字：郁闷。我最近感到"郁闷"的一件事，就是高教书店的消失。

高教书店的全称是"天津市高等教育书店"，就坐落在南开大学东门的对面。我亲眼见证了它的辉煌、衰落和消失。

大约是在 1985 年，南开大学东门对面的一座平顶楼房经过简单的修缮，挂出了"天津市高等教育书店"的牌子。起初，我们还以为是一家卖大学课本的书店，并没有对它发生兴趣。直到有一天吃过中午饭，几个同学散步到东门，顺便走了进去，才发现这里的图书竟然让我们心花怒放，欣喜若狂。当时还处在计划经济时代，图书的出版、印刷、发行、出售都要按计划进行。要想买到一本急需的书，并不是一件容易的事。记得当年周国平写了一本《尼采——在世纪的转折点上》，我从一个同学那里借来读了，爱不释手，便想自己买一本保存，但跑遍了天津市的书店，竟没有买到。只好托一位去上海实习的老乡，才买到了这本书。

高教书店里的书让我们仿佛来到了一座宝山：商务印书馆出版的柏拉图的《理想国》，亚里士多德的《政治学》，康德的《判断力批判》，黑格尔的《法哲学原理》、《美学》、《哲学史讲演录》，罗素的《西方哲学史》，卢梭的《社会契约论》、《论人类不平等的起源和基础》，伏尔泰的《哲学辞典》，培根的《培根论说文集》，洛克的《政府论》，汉密尔顿等的《联邦党人文集》，还有《理想的冲突——西方社会变化着的价值观念》、《生产力的四次革命》；新华出版社出版的《领导人》、《铁托自述》；生活·读书·新知三联书店出版的《傅雷家书》、《情爱论》、《第三次浪潮》，等等，真是美不胜收。这些书，有的标明是"内部发行"，但对于大学生却网开一面，不加限制。那时，我们刚刚学完政治学概论、法学概论、西方哲学史、世界近代史，又在学习西方政治思想史、国际关系史、美学概论等课程，老师推荐的书目，大多数都可以在这里买到，我们喜不自胜，奔走相告，往往吃过中午饭，就三五成群地去高教书店淘书，几乎每个人都是满载而归。这些书，我们并不能全部读懂，但是谁也不承认自己读不懂，谁都认为只要拥有了这些书，就拥有了书中的一切。因此，平时聊天，动不动就把康德、黑格尔、伏尔泰、卢梭、弗洛伊德挂在嘴边，以显示自己的博学和新潮。现在看起来，那时的书就和白给差不多，一部四卷本的《美学》，还不到五块钱，一部精装本的《鲁迅选集》，也不过十元钱，就这样，我们隔三差五，就要到高教书店跑一趟。现在也不清楚，在图书如此紧张的情况下，负责进货的同志怎么竟有那么大的神通，组织这么好的货源。

随着去高教书店次数的增多，我们买的书也越来越多。宿舍的书架上实在放不下了，就去学校的建筑工地上扛一块木板回来，往床头床尾一架，就成了一个简易的书架，虽然占据了床上的空间，翻身都困难，但可以与这些好书为伴，心里感到非常充实和喜悦。

毕业的时候，许多课本都丢弃了，而在高教书店买的书却一本也舍不得丢，现在，这些书还整齐地放在自己的书架上。

有一段时间，高教书店门前是一个自发形成的旧书市场，南开大学、天津大学、师范大学的老师和学生们经常来这里买旧书，我藏书中的《宋元学案》、《耕堂序跋》、《激荡的百年史》、《通鉴选》就是在那里买到的，这些书，很让自己高兴了一阵子。可以说，那是读书人难得的"黄金岁月"。

后来，高教书店开始以经营教材、外语类图书为主，品种渐渐单调，可买的书越来越少，门前的旧书摊也被取缔，去高教书店的机会也就越来越少了。

162

大概世界上任何一种生意都比开书店赚钱，高教书店渐渐变得不景气，最好的一块门脸不知不觉中改成了眼镜店，只留下一小部分店面卖书，有一次我路过那里，顺便进去看了看，只见书的品种不多，摆放也很零乱，几位营业员无精打采地在那里支应着，我一本书也没有买，很失望地走了出来。

　　忽然有一天，我出校门办事，看到高教书店门前彩旗招展，鞭炮齐鸣，人头攒动，原来是仅有的一点儿店面改成了一家数码手机店，店里正在搞开业大酬宾活动。

　　又过了些时候，原来用作书店库房的二楼在进行大张旗鼓地装修，改做了"味好家"，打出了"牛排经典，源于台湾"的招牌，这就意味着，原来的高教书店彻底瓦解了，消失了。

　　也正是因为如此，我才借用"80后"同学们习惯使用的两个字形容自己的心情：郁闷。

2010 年 1 月 13 日

北村的"绝版石榴照"

在众多的水果中，我对石榴情有独钟。

小时候在农村，果木很少，院子中的石榴树给了我很多憧憬和希望。石榴的花很美，鲜艳而不妖冶，而且花期很长；石榴的果实也很诱人，虽然吃起来并没有什么味道，但足可以使一个小孩子得到满足。

因此，我很喜欢石榴，每逢遇到石榴树，总要观赏一番。

在南开园中，北村的建筑虽有些陈旧，但却是一个观赏花木的好去处。这里分布着海棠、桃子、苹果、梨、枣、无花果、柿子等果树，大多枝叶繁茂，果实累累。其中，最多的还是石榴，而 22 号楼前的那一棵石榴树尤其最引人注目。

并蒂的石榴

和别的石榴树相比，它的果实并不多，却很有特色——大多是并蒂的"多胞胎"。对于并蒂的石榴，我见过许多，并蒂两个、并蒂三个，都曾经遇到过。但在这棵石榴树上，却结出了并蒂四个的石榴。而且，这四枚石榴个头相差不大，每一个都是那样鲜艳、饱满。可以说，我是第一次见到这样的奇迹。四个石榴如何结在一个花蒂上，又是如何保持在一起，如何一起生长，恐怕只有植物学家能够给出一个科学的解释。每当我回家的时候，我往往会有意绕几步路，观赏一下四并蒂的石榴。终于有一天，我决定把它拍下来。9 月 2 日上午九点钟的时候，光线很好，在阳光下，这四并蒂的石榴显得更为娇艳动人，我从几个角度为这组石榴拍了照，看看效果，感到还说得过去，于是很满足地离开了。

下午，我再次经过那里，突然发现这并蒂的四枚石榴突然变成了三枚——那个最红、最大的石榴不见了！我以为是被风吹落了，看看树下的草丛，没有。仔细观察，发现在石榴树下面的一个砖垛上，有几个凌乱的脚印——那枚最大最红的石榴分明是被人摘去了。那么，摘石榴的人会是谁呢？破坏了如此的景致，真是罪莫大焉！

在遗憾甚至有些伤感的同时，我又有些庆幸，多亏了及时给这四并蒂的石榴拍了照，留下了它们那骄人的形象，而且，我的这张照片也成了名副其实的"绝版石榴照"。

明年，这棵树上还会结出四并蒂的石榴吗？我期待着。

2010 年 9 月 3 日

丢车记

　　我一直认为，在自行车的保管方面，我是一员"福将"。一些朋友、同事、邻居时常提起丢车的经历，有一位诗人朋友对我说，他们家这几年总共丢了 18 辆自行车！我除了表示同情和对偷车贼的痛恨外，总是暗自庆幸自己没有丢过车。

　　说起来也许不大可信，在天津生活了三十年，除了骑坏了几辆自行车自然淘汰掉之外，我还没有丢过自行车。而且，我对自行车一向采取听之任之的态度，既不搬进楼道，更不搬进房间，而是往楼下一放了事。有一段时间我住在营口道的老房子里，房子紧邻马路，楼门口的一个小院被一楼盖上了一间小房，只留下一条窄过道，自行车就只好放在马路边上。有一次二姐来天津住了几天，看到我把自行车放在路边，大为惊异，很担心被人搬走，我说："没事儿，习惯了。"果真，我在营口道住了四年多的时间，自行车竟然安然无恙，不知道是那时的治安状况好，还是我的自行车太破旧，小偷看不上眼。

　　2006 年，我回到母校南开大学任教，由于住处离学校较远，我那辆除了铃铛不响哪儿都响的旧自行车就有些不大争气，于是我就到超市买了一辆健牌自行车，骑着很轻便，节省了不少时间。

　　按理说，校园里比较安全，小偷光顾的机会不是很多，但没想到，我常年不丢自行车的记录却在校园中被打破了。

那是一个星期天的下午，我参加文学院研究生举办的厨艺比赛活动。那一次，我当众做了自己最为拿手的红烧大虾，受到大家的欢迎，尚未参展，就被平时缺少油水的研究生们风卷残云一般消灭得一干二净，连汤汁都没有留下，我很得意。活动结束后，我去范孙楼下取车准备回家，却发现我的自行车不见了。

起初，我不认为是被盗了，以为是过于自我陶醉而记错了放车的地方，于是，我到那天下午去过的几个地方找了一遍，依然是没有。那时，我还不知道学校保卫处的位置，却在回来的路上猛然看到了保卫处的牌子，门前站着一个人，我试探着问了一句："有人捡到一辆自行车吗？"那人显得很激动，说："快进来！"我一听似乎有希望，就随着那人进了保卫处，果然，我的自行车就放在保卫处的前厅。我说："我的自行车怎么到这里来了？"这时，坐在长椅上的一位年轻人突然说："这不是你的自行车。"我回头望去，这位年轻人有二十多岁，身材瘦削，衣着整齐，眉目也很清秀。我瞪了他一眼，说："不是我的自行车？那是谁的？"那位年轻人一点也不慌张，说："我买的。"我更加气愤，问道："你在哪儿买的？"这时我已经看到保卫处的桌子上有一串各式各样的钥匙，大约有四五十把。看到我发现了那串钥匙，又加上我的声音很高，那位年轻人不说话了。保卫处的一位同志见我发火，就把我拉进了里面一个房间，说："别着急，消消气，一会儿派出所来人，要调查一下。"我说："你们是怎么抓到他的？"这位同志说："我们通过范孙楼的探头发现了他，他拿着一串钥匙，转来转去地开车锁，于是就开始跟踪他。一会儿，他把一辆车捅开了，刚走了几步，我们就把他控制住了。把他带到这里后，他不承认，一口咬定这是他的自行车，我们没办法，只好等待失主，多亏您来了。"我说："你们真不简单，监控也真是管用，真得谢谢你们。"他说："这没什么，我们每年能抓三百多呢！一般的小偷都不敢到南开大学作案。"我说："真了不起，我是不是可以把车骑走了？"他说："还不能，等一会儿派出所的民警来了，还要做一个笔录。"我有些不情愿，心想我的自行车被人偷去，偷车的已经被抓了"现行"，还找我做什么笔录。转念一想，反正自行车已失而复得，录就录吧。

过了一会儿，两位民警开着一辆警车来了，简单和保卫处的同志交谈了几句，就对那位一直坐在长椅上的年轻人说："跟我们走一趟。"一位民警拿出一副手铐，一只铐住那位年轻人，一只铐在自己胳膊上。又对我说："您也跟我们去派出所吧。"我很不情愿地跟着警察上了车，坐在副驾驶的位置上，另一位警察和那位年轻人坐在后排。

保卫处的同志把我的自行车放进警车的后备箱，警车就拉响了警笛，直接开往学府街派出所。我坐在响着警笛的警车上，感到既好奇又好笑，有几分威风，更有几分滑稽。因为，这是我平生第一次坐警车。

派出所到了，两位民警把我的自行车搬下来，和值班民警交代了几句，就又驶向另一个目标。值班民警正在处理一起斗殴案件，我在派出所走廊的椅子上坐下来，给爱人打电话说明情况，爱人在电话里听了哈哈大笑，说："不忙，你多呆会吧！"大约过了半个小时，值班民警把我叫进值班室，开始询问我的自行车的颜色、型号、购买时间，等等。民警根据我的叙述，在电脑中调出了我打钢印时的信息，对我说："没问题，您签个字，把自行车取走吧！"就这样，我的那辆自行车经过短暂的周折，又回到了我的手中。

2010 年 3 月 18 日

胡适解读南开校训

胡适 1947 年 9 月 21 日日记："十二点搭车去天津。"胡适的这次来津是应南开公能学会邀请发表演讲的，这也是南开公能学会成立以来举办的第一次学术演讲会。

演讲的地点在南开女中礼堂。

在演讲之前，南开大学张伯苓校长致辞，其中说："抗战前，我们的目的是救国，现在我们的目的是建国——建设一个民主国。然而我们对政治不能只是批评，而不去实在地做，依我看，凡是有能力的，都应该出来参政，我们要大家一齐来。办事的人多了，做起来就容易'公'，人少了，就容易'私'。所以我们应当使全天津市的市民都不背弃政治，而要大家一齐来参与政事，好人更应当不避不退，领导在先。本来一个真正民主国都是全民参政的。因为唯有如此，做起事来，才能'大公无私'。"

可以说，张伯苓校长利用这个机会对南开"允公允能，日新月异"（简称"公能"）的校训赋予了一层新的含义。

随后，是胡适的演讲，他演讲的题目是"我们能做些什么"。胡适不愧为绝顶聪明的演讲家，他紧紧抓住公能学会的性质和南开"公能"校训的内涵进行阐释。胡适在开篇中说:"在讲本题之前,我愿提一下刚才主席(阎子亨君)介绍词里的话,他说我过去在政治上的主张与公能学会的精神很相似。我愿给他的话一个证明。以前我们办过一个小报,叫做《努力》,在第二期上,我就提出:'我们不谈主义,只要一个政府,要一个好政府。'……有人问我好政府的条件,我想:第一是要有操守,有道德;第二是要有能力,负某部门责任的官吏,一定要熟习并且专长于这部门的业务。"紧接着,胡适便把自己的"好政府"主张与南开的"公能"校训联系了起来:"当时我没有看到南开的校训:'公''能'这两个字,但我所提出的是与'公''能'相一致的。这是我给主席的话加一个注解,也是加一个证明。"关于究竟什么是好政府这段话,还有另一个版本,两者之间略有出入,梁吉生教授撰著的《张伯苓年谱长编》中摘录了当年《南开校友》第五号上的话:"不过什么政府才算好政府呢? 第一条件是:要忠实可靠,第二条件是:有能力,一个部长对他本行工作能胜任愉快,他本身是专家,是指挥所属工作,能担当他应做好的事。那么,政府里的人应当怎样才会如此呢? 要人格高尚,忠诚可靠,还要有能力有才干有道德。这正好是公能的意思。那时候我们并不知道南开的校训是'公能',想不到我们的意思和主张会不约而同。"

胡适的这个开场白,一下子拉近了和南开师生的距离。

在下面的演讲中,胡适以北平正在进行的市参议员选举为例,说明推进民主政治的重要性和实行普选所面临的困难,然后回到演讲的主题,就是在当今的社会情况下,大家究竟能做什么。对此,胡适提出了三点主张:第一,通过对具体的社会问题的研究、讨论来影响政治;第二,学习美国的"扒粪主义"者的做法,有计划、有组织地对恶势力长期作战,根据调查来的事实,进攻恶势力,取得积极的效果;第三,以团体的努力,做大规模的调查和教育工作,推动政治改革的进程,促进社会的进步。胡适认为:"这三条都是有成效的,都可以训练我们,促进我们达到两种目的:一种是'公',一种是'能'。做我们所能做的,我们可以得到'公''能'的好社会,'公''能'的好政府。"这也可以说,胡适对南开的"公能"校训作了一种新的解读。

胡适的这篇演讲词,刊于翌日即 1947 年 9 月 22 日的《大公报》。

另有一家报纸在同一天也发了消息，标题为"胡适等抵津出席市民治理监事会"，其内容为"北大校长胡适之先生应天津公能学会之请，昨日下午二时半与张佛泉、崔书琴、谭炳训诸氏相偕来津，张伯苓校长、杜建时市长等多人到车站欢迎。胡氏等下车后，即到南开女中休息，据告记者：此来专为公能学会演讲及参加平津市民治促进会监事联席会，并无其他任务。"这则消息，胡适剪贴在日记本上，可惜没有注明报名。

2011 年 7 月 25 日

《史记选》编辑出版的波折

1962 年 8 月，郑天挺先生在为"中国史学名著选"撰写的前言中说："本书先编选《左传》、《史记》、《汉书》、《后汉书》、《三国志》、《资治通鉴》六种选本，分册印行。"

这套书，我先后买到了其中的五种，而且价格都很便宜，有的还不到一元钱。唯独《史记选》一书，我却始终没有见到过。那时信息闭塞，加之并非行内之人，因此便认为这本书根本就没有出版过。很长一段时间，我都拿王伯祥先生选注、人民文学出版社出版的《史记选》和其余五个选本并排放在一起，算是合为"全璧"。

2010 年，南开大学出版社出版了《来新夏谈书》一书。在中国私家藏书论坛上，我得到了一本赠书。我随手翻阅，竟发现了《史记选》的书影。没错！正是"中国史学名著选"那种，其封面设计与其他五种完全相同。原来，这本书已经出版过了，只是自己孤陋寡闻，没有见过而已。

我非常兴奋，马上登陆孔夫子旧书网，输入"史记选"三个字，页面上显示的，大多是王伯祥先生选注的那一种，并不是我想要的那个本子。我改变方式，输入"中国史学名著选"，页面上所显示的也多是我所收藏的那五种，依然没有发现这本《史记选》。

我耐着性子，一页一页地浏览着。终于，发现了《史记选》的踪影，转让者为齐齐哈尔的一位书友，我生怕错过机会，也不管品相好坏，定价高低，迫不及待地下了订单。

大约过了十天左右的时间，书寄来了，我急不可耐地打开纸包，果真是中华书局出版的与其他五种配套的《史记选》。这本书的右上角受过潮，有一些霉斑，由于转让者用湿布擦拭过，书脊上的书名有些模糊。这本书的原收藏单位是齐齐哈尔市财政职工中专学校图书馆，似乎从未有人借阅过，要不是有些受潮，完全可以称得上全新。

看版权页，这本《史记选》是 1990 年 2 月出版的，当时只印了2500 册，1999 年 2 月又印了第二版，也仅有 2000 册，两者加起来，也没有超过 5000 册，难怪不容易见到。

昨天上午，我去给来新夏先生拜年，顺便带上这本《史记选》请作为主编的来先生签名题字。来先生拿过书，很仔细地看了我写在衬页上的得书经过，笑着说："这本书出版太曲折了。本来，这本书是郑天挺先生委托山东大学历史系的一位老先生主编的，但未及完成，这位老先生就去世了，于是又找了山大的另一位先生继续这项工作。没想到，这位先生刚接手不久也去世了。山东大学的一些先生认为此事'不祥'，谁也不愿冒此'风险'，纷纷婉拒。无奈，山东大学只好把书稿退给了郑先生。郑先生找到我，希望我能够承担下来。本来，我也不想做这件事，但郑先生是我的前辈，又是系主任，我无法拒绝，只好硬着头皮答应下来。"

来先生素以勤勉高效著称，他带领南开大学历史系的几位青年教师争分夺秒，很快完成了编选、注释工作。

书稿拿到了中华书局。起初，担

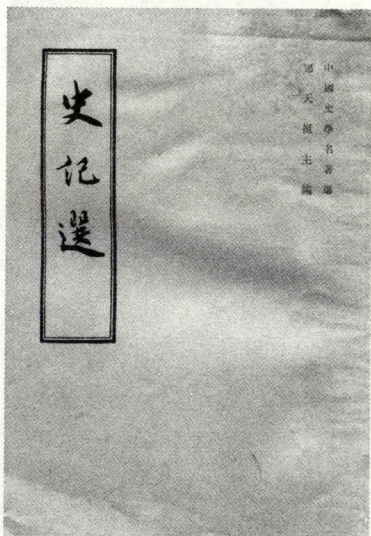

《史记选》书影

任责任编辑的是一位女士，她是一位官员的夫人，没怎么拿这本书当回事，放在抽屉里一页没看。一年之后，这位女士离开了中华书局，回家做专职太太去了，书稿转给了另一位编辑。

那位编辑很有水平，审稿、加工的效率很高，但不巧的是，当编辑工作即将告竣之时，由于中华书局内部的人事纠葛，那位编辑离开了中华书局，调到中国社会科学院历史研究所工作，《史记选》的编辑工作再度停了下来。

又过了两年多的时间，那位编辑重新回到中华书局，《史记选》的编辑工作才得以最后完成，书也很快就发排出版了。

从提交书稿到见到样书，前后经历了六年多的时间。遗憾的是，郑天挺先生已经去世了，尽管封面上依然印着"郑天挺主编"的字样，但郑先生却没有见到这部书的出版，每念及此，来先生都不胜唏嘘。

2012 年 2 月 1 日

"邃谷"书缘

  "邃谷"是来新夏先生的书房,在南开大学北村的一处楼房的顶层。

  我不是"邃谷"的常客,更不敢滥竽门墙,但不得不承认,我和"邃谷"有着一种难得的缘分,这种缘分都和书有关。

  我是在 2002 年的春天来到"邃谷"的。

  此前在北京参加《鲁迅全集》修订座谈会,见到客居北京的朱正先生,我便邀请他来天津住上两天。朱正先生和夫人带着小孙女应邀前来,特别提出拜访来新夏先生。在张铁荣教授的引见下,我们来到了"邃谷"。

  两位先生神交已久,相见甚欢,我在旁边拍了不少照片。过了几天,我到来先生家中送照片,顺便把一本《近三百年人物年谱知见录》带

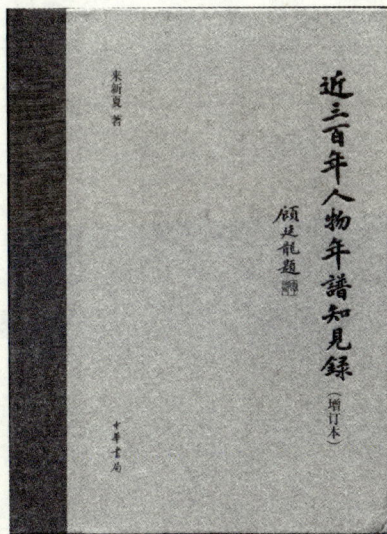

来新夏教授书影

175

上，请来先生签名题字。这是上海人民出版社 1983 年 4 月出版的来先生的一部目录学著作，印数为 32000 册，我是在一个旧书店买到的，当时只花了一块钱。

来先生看到自己的著作，非常高兴，几乎不假思索，就在扉页上写道："运峰先生以拙作来请签名，余睹旧作，又喜知者入藏，记其缘由，以示谢意。来新夏二〇〇二年春月"。

几年之后，我回到母校南开大学任教，不久，又迁居北村，与来先生仅有百步之遥，有时遇到来先生在校园中散步，便趋前问候，但却没有到"邃谷"请教。

一晃十年过去，我又重新走进了"邃谷"。

今年春天，我在《书品》杂志上看到了《近三百年人物年谱知见录》（增订本）由中华书局出版的消息，同时还也读到了几篇有分量的评论文章，顿时想起了十年前的那本书，赶忙从网上订了一部增订本。拿到新书，我吃了一惊：真想不到，来先生对于这本著作倾注了这样多的心血。十年前的那本初版本为 56 万字，十年后的新版则达到110 万字，篇幅几乎是初版的两倍。初版为平装本，凸版纸印刷，新版为精装本，胶版纸印刷，给人以古朴、厚重、典雅之感。

最近几年，往往留心近现代学人、作家、艺术家的日记、书信、年谱、回忆录、纪念集等资料，所获渐多。来先生的新著为我开阔了眼界，我可以按图索骥地进一步搜集相关的资料。于是，我一边阅读这部新著，一边把来先生未曾收录的资料抄录在新版的前后衬页上。一段时间下来，竟写了满满的五页，大约有 150 余种。

我再次来到"邃谷"，一面请来先生在新书上题字，一面也想当面得到来先生的指教。来先生很仔细地看了我补充的材料，很高兴地说："太好了，你来补充怎么样？就叫《近三百年人物年谱知见录补编》。"我说："我倒是有兴趣做这件事，就怕功力不到家。"来先生说："这是'为人之学'，只要舍得花时间，就能干成。"我说："让我试试看。"来先生说："那就拜托你了！"然后翻开扉页，先写上"运峰存"三个字，另起一行写道："余增订此书，自知未能竭泽，惟以年近望九，深惧不克亲见梓行，仓促付之枣梨。今见运峰所补，中心至感。尚期循此续编，则将有裨后来者，老人合十相托！来新夏记壬辰仲春"。

运峰 兄

余编订此书自知未能竭泽倩以手迹望九渐惧不克亲见择引及会萃付之半粹会见运峰研补中心已感当期循寻续编列将有褃后来者老人合什相诇！

来新夏记 壬辰仲春

近三百年人物年譜知見錄（增订本）

顧廷龍題

来新夏 著

中华书局

来新夏教授题字

看到来先生的题字，我颇为感动，也感到了一种压力。我只能尽自己的努力，不辜负来先生的信任和重托，力争早日完成这项补编的工作。

同一部书，两个版本，来先生均签名题字，其间相隔了十年，是一种巧合，也是一种缘分。

更巧的事情还在后面，前不久，我在古文化街的一家旧书店发现了一本《邃谷文录》，这是来新夏先生的自选文集，是为庆祝来先生八十寿辰由南开大学出版社出版的。可惜的是，书店只有上册，下册已不知去向。我犹豫了一下，还是买了下来。一天下午，我到"邃谷"向来先生请教一些目录学方面的问题，顺便把那本《邃谷文录》上册带上请来先生题字。来先生摩挲着这本书，问："你在哪里买的？"我回答说在古文化街的旧书店，并说只买到了上册。来先生回身看了一眼书柜，说："我这里富余一本下册，正好和你这本配成一套。"我按照来先生的提示，从书柜中拿出了那本下册。这真是太巧了！我几乎不敢相信，原来的残本竟在瞬间成为完璧，真让人觉得不可思议。这其中的原因，除了"缘分"，还能如何解释呢？

2012 年 5 月 30 日

为学三食堂作画

　　每当在学三食堂门前走过或是到里面买饭，就感到非常亲切。这不仅是因为学三食堂是我在学生时代吃饭的地方，而且，我和另一位同学还有过一次为学三食堂作画的"壮举"。

　　在我读本科的时候，学三食堂搞得很好，多次受到表彰。在这个食堂就餐的人数最多，大概不下五六千人。食堂的管理员姓刘，体态很胖，样子有些凶，员工们都很怕他。据说，他经常为饭菜的质量骂人，为此也得罪了不少人。但他对学生却很好。饭菜实惠，而且还免费提供菜汤、调料，卫生搞得也很好。那个年代，学生们没少为伙食的事情和食堂发生冲突，但学三食堂似乎没有发生过。有一段时间，学三食堂成为全国高校的典型，经常有人来参观。

　　大概是为了把环境搞得更好一些，增加点文化气息，学三食堂想到了要在墙壁上挂几幅画。通过团委和学生会，任务最后落在了我和历史系博物馆专业的王朝晖头上。

　　起初，我们觉得不难完成，心想只要画上几张，装入镜框就可以了，因为学二食堂就是这样做的。但刘管理员做事风格不同常人，他说要么不挂，要挂就挂大一点儿的，要能够吸引人。

根据他的意见，先在北侧的墙壁上挂一幅正方形的画，尺寸大概长宽各三米，在进门两侧水池的上方，挂两幅宽四米、高一米的画。这样才显得气派。

他的这个要求当时把我们吓了一跳，因为我们从来没有画过这样大的画。好在初生牛犊不怕虎，加上会有一定报酬的诱惑，我们便答应下来，开始投身"创作"。

食堂为我们找了一间库房，准备了纸墨笔砚和颜料。我们下课后就一头扎在库房里进行准备工作。

首先是画什么题材。

在北侧的大墙上，我们选定了"迎客松"，因为那里是卖主食的地方，人最多，大家在买饭的时候首先看到的是"迎客松"，心里会感到亲切一些。

在入口两侧的墙上，我们决定画一幅山水，一幅花卉。这样既有喜庆、艳丽的气氛，也有雄伟、壮观的场景。

其实，我们那时充其量只是临摹的水平，创作根本谈不上。我们把手头的有限的几本画报、画册甚至剪报都找来，开始画草图，先画出了小稿。

刘管理员和王副管理员看到后，很是满意。其他的师傅也都很高兴，连说"好看！"

这使我们信心大增，于是正式在大纸上作画。

那个时候，财力紧张，根本想不到买丈二匹或是八尺大纸，而是把四尺纸接起来，一点点地画。

两位管理员很是看重我们的劳动，每天都来和我们聊一会儿，同时叮嘱厨师为我们单炒两个菜，有时来不及单炒，就为我们盛两份最好的菜。厨师也很喜欢我们，常常为我们特意做一个很地道的酸辣汤。

在作画的那段时间，我们的伙食得到了很大的改善，不仅吃得饱，而且吃得好，很令同学们羡慕。

大约经过十天的时间，这三幅大画终于完成了。食堂请木工师傅量好了尺寸，做了三个带背板的框子。由于画太大，不可能安装玻璃，只能把画托裱到木板上。我们俩都不会托裱，但又不值得请专业人员，于是我们就到西南村的一家小裱画店一边和人家聊天，一边"偷艺"。

大概经过几个来回，明白了裱画的程序和方法，自己打浆糊，自己托裱，实验了几次，居然成功了！虽不专业，但远远看去，还挺像那么一回事。

画家于复千先生那时调来学校不久，在旅游系任教，他听说后，鼓励我们大胆地画，还说有时间来看看，帮我们"收拾"一下，但于老师太忙了，我们对自己的"作品"也还满意，就没有麻烦于老师。

当时主管后勤工作的是王峰山副校长，他的字写得很好。他为学三食堂写了一个"供食双方，共建文明食堂"的横幅。食堂的王副管理员问我可以不可以把这张字放大，我说这比画画容易。于是，食堂又请木工师傅做了一个长约十米，高约一米的框子，先刷了一层奶白色的油漆。我打好格子，将这十个字一一放大，先用铅笔勾出轮廓，然后用棕色的油漆描了出来。这块牌子放在迎面柜台的上方，很是醒目。

三幅大画和一块大牌子挂起来之后，学三食堂的环境果然大为不同，引来不少人的围观。因为，在食堂里挂出这么大的画，还是首次。也许画可以唬人，也许大家过于宽容，我们倒没有听到不好的议论。

学三食堂的两位管理员对我们的"壮举"也很满意，破例给了我们每人 40 元的报酬（原定 20 元）。这让我们有一种发了一笔小财的感觉，因为，这笔钱可以够一个多月的伙食。

每当有外校的同学来找我，我都会主动带他们到学三食堂吃饭，不无得意地指着那几幅画说："这是我们画的！"

这几幅画在学三食堂挂了很多年，经过几次装修，现在已不知去向，估计早就被毁掉了。感到可惜的是，当时没有想到用相机拍下来做个纪念。当然，那时更没有微博，不然的话，一定会发到网上"晒一晒"！

2013 年 5 月 26 日

记《飞鸣》

《飞鸣》是我们自己创办的一个刊物，只出了一期。

大概是 1986 年的春天，常盛均、黄新皖、李振宇和我几个同学商议，决定创办一个刊物，算是开辟一块阵地。大家热情很高，立即行动起来。首先是为刊物取名字，我们想了几个，最后决定叫《飞鸣》，取"不飞则已，一飞冲天；不鸣则已，一鸣惊人"之意。大家推举我写发刊词，我没有推辞，立即着手起草。而后是组织稿件，这似乎不是难事，那时大家精力过剩，干劲十足，加上思维活跃，什么问题都敢涉猎，什么"禁区"都敢触碰，我们几个创办者每人写了一篇，然后向全班同学约稿，稿子很快就凑齐了。记得徐世强同学那时正在钻研地缘政治学，他写了一篇《浅谈地缘政治学》，我们安排在第一篇。

系里很支持我们的举动，特意从学校领来了新油印机、钢板、铁笔等，我们请写字最好的李振宇刻制蜡板，他刻得非常认真，版式疏朗整齐，而且加了花边和题图、尾花。

随后就是印刷了。油墨、胶辊是现成的，但纸张很缺乏，系里无法提供。恰好，我在上大学之前，在工厂教书，积攒了一部分八开的粉连纸，于是贡献出来。我们自己推墨辊，自己叠页，自己装订，自己分发。

这份刊物大概印了百八十份，很快分发一空。

年轻人做事往往缺乏长性，也许是我们又有了新的兴趣，也许是刊物发出去后没有什么反应，我们对继续办下去失去了信心，因此，这本《飞鸣》的出刊之日就是它的停刊之时。

现在，这本刊物一本也找不到了，可见它的生命力之脆弱。

今年春节期间整理旧物，无意中发现了几页旧稿，题目就是《发刊词》，仔细一看，正是我当时为《飞鸣》所写，抄在下面：

发刊词

马蹄湖畔，杨柳依依；南开园内，春意盎然。在这草长莺飞，万物复苏的日子里，《飞鸣》在我们的政治学系诞生了。

她，凝聚着我们的心血和汗水；

她，寄托着我们的追求和希望。

在过去的日子里，我们是沉默的，沉默得像一泓没有涟漪的绿波。但是，这泓绿波并不是一潭死水，而是蕴含着无限生机、无限活力的春水。你看，她已经从昏睡中醒来，去沐浴那明媚的春光，去迎接那新来的黎明。

司马迁的《史记》中有一句名言，叫做"不飞则已，一飞冲天；不鸣则已，一鸣惊人"。这就是我们取名《飞鸣》的原因。

在这春光明媚、惠风和畅的今天，我们在用勤奋的大脑思考人生，我们在用明亮的眼睛去认识世界。面对西方文明的输入以及古老民族的惯性，我们在进行理性的思考。在"一二·九"纪念大会上，我们曾发出"担负起天下的兴亡"的最强音。我们是未来的社会管理者，我们应该正视现实，脚踏实地，决不做哗众取宠的空谈家。时代，需要我们具有清醒的头脑；历史，需要我们具有远大的目光；祖国，需要我们具有高远的志向；民众，需要我们具有出色的智慧。是的，我们有这样的决心和志气。《飞鸣》，正是我们的第一块阵地。在这里，我们要锻炼出敏锐的头脑、犀利的笔锋、深刻的洞察力和博大的同情心。

她是一株我们共同栽培的幼苗，我们坚信，她一定会有无限的活力，因为，她有肥沃的土壤，她有得天独厚的机遇；因为，我们大家在不断地为她浇水、施肥……

啊，我们的《飞鸣》，她将飞向哪里？她将为谁鸣叫？

我们要迎着时代的暴风骤雨，飞向现实的火热的斗争。因为我们是现实主义者，我们勇于正视现实，正视人生，并不断地改造现实，改造人生。

我们要飞向我们未来的美好目标，在理想的王国里展翅飞翔。因为我们是理想主义者，要让美好的愿望在我们手中实现。

我们要为激动人心的时代呐喊，为汹涌澎湃的波涛鸣叫。

"思接千载，视通万里。"

飞翔吧，飞向我们理想的目标；

鸣叫吧，鸣出我们理想的心声。

我们是现实主义者，我们绝不逃避现实，因为我们的目标就是改造世界。长吁短叹，感时伤事的悲观情绪是与我们绝缘的。

我们又是理想主义者，我们执著地追求我们的理想。因为一个人的目标越高，他的才智也就发挥得越快。庸庸碌碌，追名逐利的行径是我们所厌恶的。

我们又是理想和现实的结合者，因为我们的理想要在我们手中实现。

"铁肩担道义，妙手著文章。"

让我们的铁肩来担负吧，担负起天下的兴亡；

用我们的妙手来书写吧，书写出不朽的篇章。

"何当痛饮黄龙府，高筑神州风雨楼。"

我们决不做夸夸其谈、哗众取宠的空谈家，而是要做具有敏捷的才思、清醒的头脑的探索者。因此我们开辟了"探索者之音"的栏目。在这里，我们可以听到探索者跋涉中的足音；

我们不仅要训练抽象思维，而且还要具备善于想象、善于抒情的形象思维，

因此，我们开辟了"劲风"，在这里，大家可以看到我们艺术创作的缩影。

我们要博览群书，学贯中西，而且要用我们的独立思考去评价我们读过的每一本书，因此我们开辟了"新书架"，用来展示具有影响力的新书。

春天来了，郁郁芬芳；

秋天来了，硕果累累。

春种秋收，春华秋实。

"同学们，大家起来，担负起天下的兴亡！"

让我们携起手来，谱写出动人的篇章。

现在看来，这篇发刊词大多为不着边际的空话、大话，不免幼稚、可笑。但是，这些话也反映了我们当时那种奋发、进取的精神状态。因此，我没有删改，保留原貌，算是对大学生活的一个回忆，一个纪念。

2014 年 2 月 20 日

教师节，我们曾给老师们写过一封信

自从当了教师，就切身感到每逢 9 月 10 日教师节那天，实在是最幸福的。从早晨开始，学生祝福的短信就一条接着一条，有的学生还送来贺卡、鲜花和有纪念意义的礼物。

1986 年 9 月 10 日，是新中国成立以来的第二个教师节，我们当时已经进入大学四年级。那时的我们，真是名副其实的"穷学生"，家里给的生活费除了吃饭，就所剩无几，同学之间不时还要相互拆借一下。因此，我们没有钱给老师们买鲜花和礼物。但在教师节，总要向老师们有所表示，经过几位班干部的商量，最后决定给老师们写一封信。

任务落在了我的头上。我先是起草了一份，大家提了些修改意见，就算是定稿了。

信是这样写的：

敬爱的老师：您好！

在天高云淡、桂花飘香之际，一年一度的教师节来到了。在此，我们政治学系的全体同学向您致以节日的祝贺和崇高的敬意！

敬爱的老师，回首往事，我们怎能不思绪万千：在过去的日子里，您呕心沥血，殚精竭虑，政治学系的每一点成绩，无不凝聚着您的汗水；同学们的每一点进步，无不饱含着您的心血。展望未来，我们又怎能不激情满怀：政治学系的开拓腾飞，将依赖您排除艰难；同学们的长进成才，正盼望着您诱导指点。

啊，像一只蜡烛在燃烧，像一个园丁在辛劳！

金秋即将到来，浓郁的果香将溢满人间。您的血汗，也必将浇灌出最美丽的花朵，培育出最丰硕的果实。那就是我们——政治学系的开拓者，祖国建设的中坚。

敬爱的老师，此时此刻，我们不禁想起唐人孟郊的诗句："谁言寸草心，报得三春晖。"我们讲竭尽全力，磨砺品德，博览群书，学贯中西，把自己的知识、才华，无私地奉献给祖国和人民，这是我们能够做到的，一定能够做到。

最后，衷心地祝愿您身体健康，万事顺遂！

政治学系全体同学

一九八六年九月十日于南开园

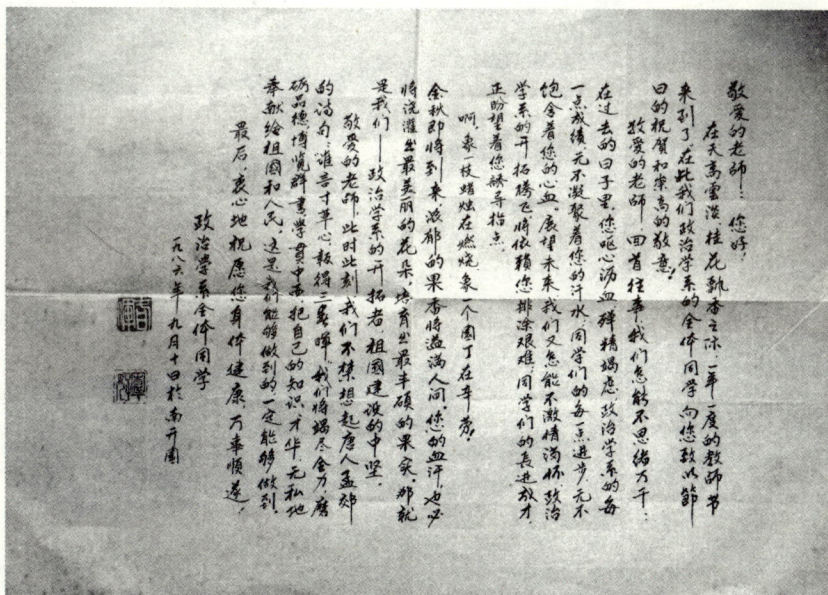

教师节给老师们的信

我用当时流行的尼龙笔在一张宣纸上把这封信抄了下来，又专门刻了"春晖"、"园丁好"两方图章，盖在末尾。

　　主管行政工作的副系主任谢晓芳老师听说后，非常高兴，特意批准我们去复印20份，复印费由系里负担。在当时，复印机还是新生事物，复印是件很奢侈的事情。

　　我们拿着这封复印好的信，一一送到老师们的家里，老师们很高兴地收下了我们的这份敬意。

　　这封信的底稿和复印件我一直保存着，今天看起来，其中的许多话都显得幼稚，但却是我们真情的表达，因此，我依然很珍视这封信。

2014 年 2 月 21 日

当年，老师们在作业上的批语

现在的学生习惯在电脑上写作业。作业写完，粘个附件上网传给老师，就算是完事大吉了。有的学生会在邮件中给老师写几句话，有的干脆不写，老师收到的，只是一份冷冰冰的附件，打开之后，才知道学生的名字。

我上大学的时候，还没有电脑。去图书馆抄资料，完成老师布置的作业，都要靠手写。因此那个时候，每一名同学都要准备一些稿纸。

大学时期的作业，大部分都没有留下来，保留下来的大多是一些"论文"或是作文。在这些作业中，留存着不少老师们的批语，现在读起来，仍感到非常亲切。在一个假日，我把这些作业略加整理，按时间前后排了一个次序，订成了一个册子。

这个册子中的第一篇作业是《试论现阶段的政治和政治学》，写于 1984 年 10 月 14 日，那是在王世铮老师主讲的《政治学概论》组织讨论时的一个发言。我把这个 3600 字的稿子交给王老师批改，王老师大概认为我的这个题目太大而无当吧，但又不愿意挫伤我的积极性，因此没有提什么意见，只是在"只要社会存在，政治和政治科学就存在"下用铅笔划了一条直线，并在"社会"加上了"阶级"两个字。

这两个字加得非常必要，不然就是谬误了。

在同一个月中还写了《试从克伦威尔的经济地位评他的政治立场》一文，这是在江泓老师主讲的世界近代史课上的作业。世界近代史是以1640年英国资产阶级革命为开端的，江老师对克伦威尔非常熟悉，讲得很详细，因此我对克伦威尔也产生了兴趣，到处找相关资料，写了这篇作业。初稿写了6800字，我自己又删减为4000字。在作业末尾，江老师写了这样的意见："克伦威尔的经济利益和政治立场都是他所处的那个阶级的经济利益和政治立场的表现。此文的归宿应是论证他所处的阶级的经济利益，促使他进行那样的行动，使他站在那样的政治立场上，而不应该把他看（作）是超阶级的事。"

1984年11月30日完成的作业是《濯足长流，举足复入，已非前水——赫拉克利特"一切皆流变"辩证法的现实意义》，这是刘向东老师主讲的西方哲学史的作业。不知怎么回事，这篇作业第一页是用碳素墨水钢笔写的，从第二页开始则是用蓝色圆珠笔写的，显得很不整齐。刘老师没有丝毫的不快，而是看得很仔细。我的作业中，有这样一段话："用恩格斯的话来说，就是'没有物质的运动和没有运动的物质同样是不可想象的。'这和赫拉克利特所说的'太阳不仅每天都是新的，而且无时无刻，永远是新的'是殊途同归，异曲同工的。"刘老师在恩格斯的话下面划了红线，在空白处写道："这句语录用在这里不很贴切。"在"是殊途同归，异曲同工的"下也划了红线，在空白处写道："把赫与恩并论，用这句谚语是否不妥，请您考虑。如把恩换成另一位哲学家倒也可以。"在作业的最后，刘老师给出了这样的评价："文笔流畅，能以理服人，有见解，很好。"并写了一个英文单词"excellent！"这篇作业，刘老师给了我93分。

紧随这篇作业之后的是《论"存在"》，这也是刘向东老师西方哲学史上的一篇作业。与前几个题目相比，这更是一个大得不着边际的题目，但并没有受到刘老师的批评。他依然很耐心地阅读、批改。

我的作业中有这样一段话："从米利都学派可以看出，他们把世界的本原归结为某一种具体的事物，还不能对所有的事物作一高度的抽象，这主要是由于当时生产力的落后和人类思维能力的限制，还不能找出事物的共性。到了毕达哥拉斯派，人类的认识则向前推进了一观念意义也。数字化已给我们带来了多重而后果。这种做法决不能延续下去了。不破不立，只有破除了人观念中已然过时而不合理而因素，才能轻装上阵，快马加鞭。我以为，这就是学习巴门尼德"存在"观念而现实意义之所在也！

＊　　＊　　＊

总之，巴门尼德而"存在"观念是哲学史上而一个运动，是人类认识而进步，是辩证唯物主义与唯心主义之间而桥梁。这种观念本身从逻辑方法到观念归宿都是唯心主义而，但也包含着唯物主义而成份。巴门尼德创立"存在"观念时所采取而态度和方法，使我们从无到有、从有到一些层次，正是我们而学习与工作而具有一定而现实意义。

刘向东老师在作业上的批语

大步。"刘老师在"当时生产力的落后"和"到了……一大步"下面都划了红线，在旁边批道："注意，这儿的表述给人一种印象，似乎毕的时代比米的时代前进。实际上，年代差不多，米利都的经济远比克罗顿为强，原因应在认识发展的逻辑方面去找。"

作业中还有这样的话："无论是米利都学派还是毕达哥拉斯学派，他们共同的缺点就是一切相信感官，还不知道自己主观和外界客观两方面的对立，还未能发现统领一切感官作用的理性。"在这段话旁边，刘老师批道："毕的缺点也是一切相信感官吗？""毕的学说非常重视'心'的作用。"

这份作业第二部分的标题是"'存在'是架在唯心主义与唯物主义之间的桥梁"，刘老师在旁边批了五个字："大胆的见解"。在下文的旁边又批了"有理！"两个字。

在作业结尾的时候，我写了"不破不立，只有破除前人理论中已经过时的不合理因素，才能轻装上阵，快马加鞭。"刘老师在"不破不立"下划了红线，批道："提法过时。"又在最后批道："最后一段，画蛇添足，没必要。"

这篇作业，刘老师最后的评价是："文章流畅，写作能力较强。有见解，分析有理。不足之处：1.'论存在'最好能把'存在'范畴在古代哲学史上的演变结合起来说；2. 现实意义超过前人知识其二，重要的是方法论问题。透过现象看本实，多中求一，异中求同，殊中求共。"

这篇作业，刘老师给了我 92 分。

大学二年级的时候，上过一门写作课，教这门课的是中文系的黄英忱老师。黄老师个头不高，面容黢黑，表情严肃，样子有些吓人。记得第一堂课是在第二学期开始的时候，黄老师身着蓝色中山装，笔直地站在讲台上，一字一顿地对大家说："初一过去了，十五也过去了，新的学期开始了。"他的声音很浑厚，颇具穿透力，大家听到这样的开场白，想笑，又不敢笑。随后，黄老师提出了作文的要求，除了书写格式之外，就是不准出现错别字，并说，谁要写了错别字，就把谁叫到前面来，当众把错别字写在黑板上。我们都有些紧张，生怕当众出丑。实际上，黄老师从来也没有让同学们"示众"，他只是严格要求，让大家养成写规范汉字的习惯。

孩子"。

一九八五年三月廿十四于南开园

良上

你看情景真挚动人、抓住

生活中的一个瞬态，生发开去，语言上清言上

写出自己的所感，基本做

有自己的......根，基本做了

敢如写了，也尝试放手铺开平

头，尝尝是......手铺开平

句子......作有这种话到一半端......果平

作有有这种写作能力，但却

围于所悟了，对吗？

黄

四月十二日

(20×15＝300)　　　　　　　第 6 页

黄英忱老师在作业上的批语

193

大约一个月左右的时间，我们就要完成一篇作文。

这门课的作业现在保留下来的有三篇。第一篇是1985年3月20日写的《救救孩子——春节随感》，主要是对农村教育落后现象的一些观感。黄老师把我作文中的"几千年来遗留下来的封建残余"第一个"来"字用红笔删除，把"但我的良心又不得不使我对您发问"中的"对"改成了"向"。针对我提到的一些农村民办教师无心教书，忙于自己责任田的现象，黄老师在旁边批了"制度"两个字，并加了一个感叹号。在这篇作文的后面，是黄老师的评语："作者情感真挚，抓住生活中的一个现象，生发开去，写出自己的所感，好。语言上有自己的风格，基本较好。""既然写了，就要敢于揭示本质，而不是话到笔端留半句。作者有这种分析能力，但却囿于所悖，对吗？"这篇作文，我得了"良上"。

值得一提的是，黄老师的评语是用毛笔写的，行笔潇洒，结体美观，令人钦佩。看到黄老师的字迹，觉得他也不那么可怕了。

第二篇作文是写于1985年5月16日的《试论消费》，黄老师为我删改了几个多余的字，同样用毛笔写了批语："作者从消费一个侧面，论述了它的作用。讲出了一定的道理，有论证，态度认真。""空泛。理论要紧密结合实际，这样才更有说服力。""减少不必要的叙述，精炼文章。"

这篇作文的成绩是"良"。

第三篇作文是写于1985年6月13日的《"知识分子翘尾巴"辨》，我把"辨"错写成"辩"，黄老师在这个字下划了双红线，打了一个"？"。这次评语，黄老师改用红色圆珠笔，写的是："作者较为细心地思考了问题，从原作论据的错误入手，进行了批驳，讲出了一定的道理。""但写得琐碎了些，而且探根挖源之笔不足。"

这篇作文，我依然得了"良"。

教我们中国现代政治思想史的是李振亚老师。李老师身材适中，面色白净，戴一副宽边眼镜，声音不高，说话慢条斯理，给人的印象非常儒雅。这门课的考试分为两部分，闭卷占60分，主要考知识点；开卷占40分，要求完成一篇文章。我写的是《新文化运动对我们今天巴延根新将此事渲染一番。但时巴晚矣，这时，师者父亲哪一家人的利益我再清楚不过了。如果光为个人思恋，为扯会文又赋力将示"翘尾巴"四话，那么，这个尾巴"翘"的越高越好。

可见，师者别进四规传玉范评"小南汉也不予行论：

（20×15＝300） 第 6 页

黄英忱老师在作业上的批语

195

放纵之嫌，晚恍沛多人认为它和《金瓶梅》一书相提并论，视为"淫书"和"色情的温床"。这些，都是作者的败笔之处，无间说明不为不引起我们的重视。

总之，《十日谈》作为一部不朽的文学名著，在电个欧洲的文学史甚至是世界文学史上都占有重要的地位。它的反封建、反宗教神学的精神，直到今天还闪烁着耀眼的光芒。它的精粹，值得我们去借鉴和仿制。

一九八六年三月一日。

本文从作地评析《十日谈》，语言精辟，阿阳，但语言还作的还有较少。

成绩：优。

王骚老师在作业上的批语

196

的启示》，这仍然是一个大而无当的题目，但李老师很宽容，给了我36分并写了"文章写得不错，几个基本观点也正确"的评语。

最后一篇作业是《简评〈十日谈〉》，这是文学名著与欣赏课的作业。教我们这门课的是王骚老师。王老师毕业于南开大学中文系，文笔很好，在学校组织的几次大型的演出中，曾担任编剧和导演。在这门课上，王老师给我们介绍了不少中外文学知识。记得有一次他讲到了《小癞子》这本书，王老师绘声绘色的讲述让我们对这本小册子发生了浓厚的兴趣，从此之后，我们男生之间就经常以"癞子"称呼对方。

结课的时候，王老师要求我们每人写一篇中外文学赏析的作业，我便选择了《十日谈》这本书。王老师的评语是"本文正确地评价了《十日谈》，语言精辟，简练，但结合具体内容较少。"我那时的兴趣在政治学上，对于中外文学名著虽然喜欢，但并没有投入太多的精力，《十日谈》这本书也没有好好看，因此这篇作业只草草写了一千多字，王老师的评语可谓一针见血，看到了我的短处。但依然给了我"优"的成绩。

2014 年 3 月 1 日

我的前任魏立刚

在南开读书期间，我最显赫的一个"职务"就是书法社社长。

我的前任是魏立刚。1981年，他以高分从山西大同考入南开大学数学系，在专业上很有抱负。不知怎么回事，他竟然迷上了书法。数学似乎和书法不搭界，但魏立刚对书法的痴迷却超过了数学，以至于——他有好几门专业课被"挂"了。我曾劝他集中精力拼一下，争取能够顺利毕业，他说实在学不进去了，宁可不要毕业证。

说他痴迷书法，一点儿都不为过。当年雪下得很大，也很勤，大操场上不能踢球、跑步，魏立刚却来了精神，他把雪地当纸，以脚作笔，在大操场上写草书，恰似一种行为艺术。有一天，他看到墙上小孩子们用粉笔歪歪扭扭地写着"小芳芳不是人"，他感到有一种天真烂漫的趣味，于是找一张宣纸描下来，贴在床头，反复揣摩，认为写得太好了。

魏立刚离开南开后，到山西太原师范学校担任数学教师，这对他来说自然轻车熟路，但他感到很没有意思，于是向领导提出教书法，领导很开明，发挥其所长，他如愿以偿，成了专业的书法教师。很快，他就和山西的姚奠中、王朝瑞等名家建立了联系，并出版了一本《魏立刚书法篆刻集》，书名由孙其峰先生题写，书前附录了王学仲、孙伯翔等先生的题字。

　　大概是 1988 年，他回到母校，在校工会二楼的展厅举办了魏立刚书法展。值得一提的是，这些作品的尺幅都很大，多数是用旧报纸写的，因为他实在买不起那么多的宣纸。为了扩大影响，我联系了《天津青年报》的记者张重宪专门来学校对他进行了专访，另一位朋友、在天津商学院任教的张跃起为他联系了天津人民广播电台，使千家万户的听众都知道了魏立刚的名字。那时，我在天津财经学院从事共青团的工作，请魏立刚搞了一场讲座，给他开了 40 元讲课费，算是帮了一点儿小忙。

　　那次与魏立刚同行的，还有一位眉目清秀的女孩儿，是他的学生，喜欢写字、作诗，称得上才貌双全，后来，这位女孩儿成了他的妻子，并为他生了一对双胞胎女儿，魏立刚给她们取名"红萧"和"绿磬"，家里整日丁当作响，热闹非凡。

　　魏立刚雄心勃勃，他不满足在太原按部就班地生活下去，义无反顾地办理了停薪留职，只身到北京寻求发展。

　　北京人才济济、名家云集，要想立足并打开局面，谈何容易。魏立刚在北京生活得很苦，没有收入，没有固定的居所，像是一个流浪汉。好不容易融入了圆明园边上的"画家村"，来信邀请我们到他那里看看。我和张跃起特地赶到北京与他见面。一下公交车，早已等候那里的魏立刚就把我们吓了一跳：他长发披肩，不修边幅，已是深秋的季节，他仍赤脚穿一双旧拖鞋，很是另类而落魄。到了他的宿舍，他在煤气炉上煮了点挂面，就算是招待了我们一顿饭。看到他的境况，我们都很难过，劝他赶快回太原，继续做教师，再也不要受这份儿洋罪了。他很坚决，说既然来了就不打算回去。

　　多亏他有一个好妻子。为了他能在北京生活得好些，也为了两个女儿能更好地成长，他的妻子毅然"下海"经商，居然做得非常出色，魏立刚的生活才慢慢出现了改观。渐渐地，他的现代书法和绘画获得了艺术界的承认，同时也得到了外国人的赞赏。一些画廊专门经营他的作品，他的名声也越来越响亮，成了职业艺术家，不断地出国办展、讲学。

与魏立刚（中）、杨卫权（左）合影

与魏立刚（中）重逢于今日美术馆

2004 年，在中国美术馆孙伯翔先生的书法展上，我见到了魏立刚。

他的披肩长发不见了，人也老成、持重了许多。他说，他把父母、妻子、两个女儿都接到北京来了，靠卖书画的收入买了两套房子，有自己专门的画室，作品的价格也越来越高，他也变得越来越自信。

两年前，在天津美术馆的图书专柜，我见到一本《中国现代美术全集·现代书法》，其中就收录了魏立刚的作品，可见他的影响之大。

有一次，一位老同学在北京见到他，顺便在他的画廊看了看，对他说："你以后就是中国的毕加索。""已经是了！"魏立刚回答。

2014 年 2 月 18 日

后记

这本书，由我平时所写的一些小文章结集而成，内容大多与南开的人和事有关。

从本科到博士，我的求学经历一直围绕着南开园而展开。这是我人生中最美好的一段时光，也是自己生命历程中最重要的阶段。而且，幸运的是，在经过近二十年的社会磨练之后，我又回到南开园，开始了自己最为钟爱的教师职业生涯。

从一个懵懂的农村少年，到十六岁当学徒工，再到本科生、硕士研究生、博士研究生，直至八年前回到母校任教，漫长而又短暂的经历中，有过痛苦，有过欢欣，有过奋斗，有过无奈，有过失落，有过抗争。我体悟到，能够做自己喜欢做、能够做、适合做的事情，是人生最大的幸福。

我本天资愚钝，无高远之志，更没有得天独厚的优势。但是，在自己的成长历程中，却得到了诸多师长、友朋太多的关照。无论是求学还是工作，都时时伴随着师友的鼓励与支持，这些鼓励和支持既是我战胜困苦的强大动力，也是自己得以保持进取、乐观状态的精神支柱。每当想起老师们那勤勉敬业、辛苦劬劳的身影，同窗好友们那书生意气、文采风流的音容，每当唱起"渤海之滨，白河之津，巍巍我南开精神"的校歌，每当默诵"允公允能，日新月异"的校训，每当看到南开园的一桥一水、一草一木，心中就充满了自豪和感激。也正因为如此，我习惯于把自己在南开园中的所见所闻、所思所想，随时用笔记录下来，有时会投寄给报刊发表，有时会在同学中传递，有时则储存在自己的电脑里，日积月累，就有了50余篇。

现在，这些长短不一的稿子，竟然有了结集出版的机会，在我，是颇为高兴的一件事情。这些文章，既没有慷慨激昂的气势，也没有振聋发聩的作用，它所具有的，只是自己的切身感受；它所记录的，只是一个南开学子的情怀。

感谢南开大学校史丛书编委会，将这本小书列入出版计划。感谢南开大学出版社的李力夫先生，为了这本书的出版，从编排方式到版面设计，他付出了很多的辛劳。还要感谢这本书的责任编辑李佳，她是我回到母校任教之后指导的第一届硕士研究生，毕业后即到南开大学出版社工作。在本书的审校过程中，她一丝不苟，认真负责，纠正了许多我没有注意到的差错。看到自己的学生取得长足的进步，我感到由衷的欣慰。

谨将这本小书，献给南开大学九十五周年校庆，献给我敬爱的老师，也献给当年朝夕相处、情同手足的同伴们。

刘运峰

2014 年 6 月 29 日，马蹄湖畔

南开大学出版社网址：http://www.nkup.com.cn

投稿电话及邮箱：   022-23504636   QQ：1760493289
                                    QQ：2046170045(对外合作)
邮购部：   022-23507092
发行部：   022-23508339   Fax：022-23508542

南开教育云：http://www.nkcloud.org

App：南开书店 app

　　南开教育云由南开大学出版社、国家数字出版基地、天津市多媒体教育技术研究会共同开发，主要包括数字出版、数字书店、数字图书馆、数字课堂及数字虚拟校园等内容平台。数字书店提供图书、电子音像产品的在线销售；虚拟校园提供 360 校园实景；数字课堂提供网络多媒体课程及课件、远程双向互动教室和网络会议系统。在线购书可免费使用学习平台，视频教室等扩展功能。